朱三小姐的一生

任晓雯 著

北京出版集团公司
北京十月文艺出版社

图书在版编目 (CIP) 数据

朱三小姐的一生 / 任晓雯著. — 北京 : 北京十月文艺出版社，2020.5
ISBN 978-7-5302-2028-3

Ⅰ. ①朱… Ⅱ. ①任… Ⅲ. ①短篇小说—小说集—中国—当代 Ⅳ. ①I247.7

中国版本图书馆 CIP 数据核字 (2020) 第 015780 号

朱三小姐的一生
ZHUSAN XIAOJIE DE YISHENG
任晓雯 著

出　　版　北京出版集团公司
　　　　　北京十月文艺出版社
地　　址　北京北三环中路 6 号
邮　　编　100120
网　　址　www.bph.com.cn
发　　行　新经典发行有限公司
　　　　　电话（010）68423599
经　　销　新华书店
印　　刷　北京盛通印刷股份有限公司
版　　次　2020 年 5 月第 1 版
　　　　　2020 年 5 月第 1 次印刷
开　　本　880 毫米 ×1230 毫米　1/32
印　　张　5.25
字　　数　100 千字
书　　号　ISBN 978-7-5302-2028-3
定　　价　39.80 元
质量监督电话　010-58572393
如有印装质量问题，由本社负责调换。

目录

短篇小说何为（代序）

曾有人对我说：你是个长篇小说作家。我初听讶然，转念一想，或许有道理。我从二十多岁至今，写过四部长篇小说，总字数将近一百万。短篇小说加起来却不过十来部，总字数只有十多万。至少从数量上看，我以前的写作重心，确实在长篇小说上。

长篇和短篇的区别在哪里，诸多大家有过精彩论述。但每个人在写作中产生的问题意识不同，便会有完全私人的立场。我深入思考这个问题，源于对长篇小说《安娜·卡列尼娜》的重新阅读。2007年，美国出版了一本书，《十大：作家挑选他们最爱的书籍》。编写者是书评编辑J.佩德·赞恩，他邀请了一百二十五位英美当代名家选出他们最爱的十本小说，并以此制作为系列榜单。其中，不分国家和年代的综合榜，有史以来最伟大的十部小说，第一名是《安娜·卡列尼娜》，第三名是《战争与和平》。

美国学者布鲁姆如是评价："托尔斯泰非凡的现实感，其令人信服的程度只有莎士比亚和塞万提斯才能做到。"中国作家茅盾也曾说，《战争与和平》和《安娜·卡列尼娜》这两部巨著，让他佩服的不光是人物性格的描写功力，托尔斯泰对于一些大场面——如宴会、打猎、跳舞会、打仗、赛马的描写"五色缤纷，在错综中见整齐，而又写得多么自然，毫不见吃力"。

托尔斯泰既精确细腻，又开阔宏大，让一代又一代作家赞叹。然而，在后来的作家当中，无人再写一本类似于《安娜·卡列尼娜》的长篇。卡夫卡曾表示，陀思妥耶夫斯基是和他有"血亲关系"的作家。但在我了解范围内，没有哪位作家自认为是托尔斯泰"血亲关系"的后辈。甚至很多人觉得托尔斯泰早已过时。中国作家格非就曾说，他在美国碰到一位哥伦比亚大学的研究生，向他表示，

“在美国，托尔斯泰已经是一个过时的作家了。”

这不是现实主义手法的问题，当下仍有很多作家在使用现实主义手法，然而却没有人想去成为一个托尔斯泰。为什么呢？姑且让我们回到文本，打开《安娜·卡列尼娜》，将目光停留在扉页题记上：“申冤在我，我必报应。”这句《圣经》经文的引用，昭示着托尔斯泰将建立一个恢宏的秩序——关于罪、公义、报应的秩序。

此书有两位主人公：安娜和列文。两条叙述线索看似毫无关联地并行展开。到了第七部里，好事而热心的奥布朗斯基，一定要带列文见见安娜。这样，在小说临近尾声时，两位主人公终于见上了唯一一面。安娜“施展浑身魅力挑动列文对她的迷恋”，列文确实为她着迷了一晚。但也仅此而已。那刻之后，两人的命运交错而开，继续沿着各自轨道向前。安娜一步步踏入死地，列文则迎来新生命，拥有了一个儿子。

有人将此双线结构称为“拱形结构”，我更愿称之为“十字架结构”。安娜代表着人类往下堕落的状态。与她对应的列文那条线索，则表现了一个人不断向上仰望的状态。列文经历了哥哥的死亡、儿子的出生，经历了爱情、婚姻、工作，他对一切具体事物的思考中，包含了对生命本身的思考。其实就是托尔斯泰本人的思考。

我们在托尔斯泰稍后写作的思想随笔《忏悔录》中，能非常清晰地看到，列文的问题，就是托尔斯泰的问题。列文的身上，有托尔斯泰的影子。《忏悔录》写了托尔斯泰对自己和上帝关系的思考。在一生之中，他忽而远离上帝，忽而想要抓住上帝，他的理性与那看不见的信仰互相角逐。在《忏悔录》最后，托尔斯泰写自己悬空躺在深渊之上，保持仰望的姿势，这让他舒服，也让他安心。我们比照《安娜·卡列尼娜》结尾，可见列文有相似的仰望："而信仰——或者不是信仰——我不知道它是什么，——但是这种感情也历经种种苦难不知不觉间进入了我的心灵，并且牢牢地扎下了根……现在我拥有着让生活具有善的意义的权力！"

由此，安娜往下堕落的状态，列文向上仰望的状态，构成了一个十字架，那是生命的整全状态。这里没有批判，也不是非此即彼。每个人都是安娜，也都是列文。正如托尔斯泰本人所言："人不是一个确定的常数，而是某种变化着的，有时堕落、有时向上的东西。"

托尔斯泰笔下的安娜如此迷人，我们几乎要像列文一样，被她迷住了。那是因为托尔斯泰对安娜怀有深刻的怜悯。当他铺陈整部书的结构秩序时，仿佛是在模拟上帝创世纪的行为，而当深入细部描摹时，他则从一个人的立场，去洞悉另一个人。

此外，另一重要原因是，描写人类的堕落与悖逆，本是小说之所长，描写人类的虔诚则不是。《圣经》中的许多人与事，被一次次改成小说、戏剧、电影。但有一则重要事件，却从未被成功改编。那就是亚伯拉罕将唯一的爱子以撒献祭给上帝。这个行为出自完全的信心，在人类历史上独一无二。如果我们硬要还原情境，展开描述，便会意识到，这里连最拙劣的道德说教都没有空间。唯一可行的表述，是克尔凯郭尔的方式——虽然克尔凯郭尔声称，《恐惧与战栗》是文学作品，但它显然不是小说。在小说里，亚伯拉罕只可能像克尔凯郭尔想象的那样，被描写成疯子和杀人犯，面目偏执，难以理喻，引不起读者的任何共鸣。

是的，在小说里，光彩夺目的不是人类信心之父，而是像安娜·卡列尼娜那样的“罪之花”。在小说里，全然的美德，无瑕的高尚，往往难以留下深刻印象。也因此，在小说里，相比于安娜，列文显得较为高尚，却也显得较为失色。

然而，必须有一个同等重要的列文。因为托尔斯泰的本意，不是津津乐道于一场婚外情。他有着关于公义秩序的宏大写作野心。“申冤在我，我必报应”，堕落与悖逆必得报应。所以，安娜卧轨自杀，伏伦斯基参军赴死。这样的结局，并非“世事无常”的不可知论，更不是心血来潮的偶然安排。它符合托尔斯泰对罪和公义的理解。因为，“罪的工价乃是死”。

然而，这里隐藏了一个巨大问题：在现实生活中，我们往往看不见善恶有报。我们看见的是，偷情者百年好合，作恶者美满善终。也许现实中的安娜和伏伦斯基成功结合，婚后各玩各的，自在潇洒；也许现实中的老实人列文被戴了绿帽子，还被卷走钱财，丧失儿子的抚养权。也许这不是“也许”，而是现实本身。

那么，是上帝设定的秩序塌毁了吗？

这样的疑问亘古有之。《圣经》最古老的一卷书，不是《创世纪》，而是《约伯记》。约伯就是一位受难的好人。好人为什么有苦难？约伯不停呼求，三位朋友不停论断。也许上帝的回答过于奥妙了，不能阻止人类一次又一次发问。然而，上帝允许人类发问。《约伯记》仿佛一把关于苦难和死亡的钥匙，开启了我们对这个在报应问题上看似毫无公平的世界的理解。

是的，如果我们的生命只有现世，灵魂与肉体一般短暂，那么，善恶祸福岂不是一手交钱一手交货的生意？“罪的工价乃是死。”死亡不仅仅指肉体的消失。在《创世纪》中，耶和华告诫亚当，不要吃分辨善恶树上的果实，“因为当你吃的时候，你必将死。”从语气上看，死亡将是一个食用禁果后即刻发生的事实。然而，亚当夏娃吃了以后，还活得好好的，并且眼睛开了，能够知善恶了。难道真如引诱他们的蛇所言，耶和华在欺骗亚当吗？不，耶和华所说的死亡，不仅仅指肉体消亡。耶和华在知道亚当夏娃吃了分辨善恶树上的果子之后，派遣基路伯看守生命树。没有吃到生命树果子的人类，便拥有了肉体死亡。但肉体死亡不是即刻发生的。即刻发生的，是亚当失去了与上帝的联结，成为被逐出伊甸园的孤儿。此后漫长的岁月里，人类仰望呼求，却不能回到上帝身边，直至耶稣来临。耶稣表示，人只有跟随他，才能向死而生。由此可见，耶和华所警诫的死亡，更多指灵魂的昏昧和沉睡。“罪的工价乃是死”，这里的死也指灵魂状态。那么肉体呢？“按着定命，人人都有一死，死后且有审判。”这句话里的死，才是肉体死亡。要到肉体死亡之后，上帝才会展开审判。也就是说，只有当我们把生与死视为连贯一体时，才能看到报应和奖惩的绝对公平。

《安娜·卡列尼娜》的困境也在于此。这部小说呈现的，是现实的世界，是生者的世界。一切关于死亡的描述，在小说人物死亡的一刻便终止了。那存在于死后世界的终极审判，那“申冤在我，我必报应”的权柄，往往在现实世界和描述现实世界的文字中显得模糊脆弱。好人未必有好报，恰恰相反，在罪恶的世界上，好人可能承受更多苦难。所以会有人走到托尔斯泰的反面。比如坚持无神论和道德相对论的萨德，就愿意让贞女受难，色情狂得到幸福。难道你能说他完全不符合现实？也许他才是更现实的那个。

这是人的局限，也是小说的局限——我们被困在了可见的世界上，更高远的审判，我们看不见。任何在现实世界上寻求完整秩序的渴望注定破灭，因为“天国不在地上”。也正因为此，《安娜·卡列尼娜》中那个秩序明确的世界破碎了。与之一起破碎的，还有托尔斯泰反对私有财产的社会乌托邦倾向，和他对私欲全然否定的道德乌托邦倾向。这些破碎对托尔斯泰的生活造成冲击，给他的晚年带来痛苦和不安宁。

回到小说本身，对于《安娜·卡列尼娜》所构造的那个秩序井然的世界，我们很难全然反对或赞成。因为没有人是全对的，每个人不过是在寻找一个恰当位置，并在这个位置上做出恰当姿态。而事实就是，小说家们的姿态，越来越向这个被遮蔽了秩序的世界倾斜。把更高的本质暂且搁置，提出问题而不探索答案。生存还是毁灭？谁知道呢。什么是善，什么是恶？不好说。是的，人类太有限，面对本质问题，的确无法一举把握真理性的答案。然而，求答案而不得，与不承认有答案，是两种有着根本区别的态度。尤其在后现代思潮和全球世俗化的助推下，很多状况愈发显得相对而局部。小说家们关注的主题，也显示了这种趋势。一部引起好评的小说，可能仅仅关注一个具体问题，比如种族、性别、家庭、战争。而作家身上的标签，也越来越鲜明，移民作家、女权作家、小镇作家，乡土作家……

现年八十七岁的文学评论家哈罗德·布鲁姆，显然对“政治正确”大行其道的今日美国痛心疾首。他和女权主义者进行大论战，他认为如今留得下的美国小说屈指可数，他说：“很多长篇小说都因其社会用途而受到过分赞誉，一些只应称为超市小说的东西，被大学当成正典来研究。”他认为重要的长篇小说“往往会触及关键性的谜团，或思考决定性的问题”。这种指责是正确的，也是令人为难的。人类的知识，总体处于不断细分的过程中。小说家深耕于局部，甚至通过强调地域风情，或专门追究单一问题，来确立自己的风格。这完全成为一种合乎潮流的选择。苏格兰启蒙哲学的时代已经过去，就像《安娜·卡列尼娜》的时代已经过去一样。如此这般整全思考人类生命秩序的作品，虽则被一代代作家供在文学经典殿堂的尖顶之上，却几乎无人再去写上一本类似的东西。

在我们承认《安娜·卡列尼娜》的时代已经过去的同时，托尔斯泰另一些杰出的中短篇作品，比如《克莱采奏鸣曲》《伊万·伊利奇之死》《霍尔斯托梅尔》，或者，

《谢尔盖神父》，读来却没有那么强烈的“过时感”。

尤其是我最爱的《谢尔盖神父》。如果说，《安娜·卡列尼娜》探讨的是上帝设立的秩序下的人的自由选择问题，那《谢尔盖神父》思考的则是这种秩序在人的良心深处所激起的复杂而模糊的回应。

《谢尔盖神父》书写了一个人的一生。起初，那人是公爵卡萨茨基；后来，他是神父谢尔盖；最后，他是流浪汉卡萨茨基。谢尔盖神父的生命轨迹，是从世界上的生活，转而面向上帝的隐居，最后又回到世界，以游荡状态作为终结。这是一个基督徒在上帝与世界之间，寻求自身位置的过程。在旷野中游荡，是起初的也是最终的隐喻。

与《安娜·卡列尼娜》不同的是，《谢尔盖神父》没有站在全知全能者的立场，预设一个宏大秩序。我认为这与体裁有关。长篇小说容易让作者有“创造一个世界”的感觉，而短篇小说则让作者预先承认了它的局部性，承认了所有的短篇作品，不过是世界的碎片、时间的片段。《谢尔盖神父》的问题意识，与《安娜·卡列尼娜》的是一脉相承的。在大半辈子的时光里，谢尔盖的骄傲、伪善和对年轻处女的情欲，像芒刺一般，隐秘而顽固地钉在他的身体里。然而，与安娜不同的是，谢尔盖的堕落与仰望，不再那么泾渭分明，而是互为交织的。安娜与列文，在谢尔盖身上真正合为一个人。谢尔盖在小说中的结局，是作为身份不明的流浪汉，被流放到了西伯利亚。作者没有跟进描述他的死亡，也没有明确他的救赎问题。在开放的结局中，谢尔盖仿佛跋涉于旷野的以色列人，也仿佛困顿于有限肉体的任何一个人，在流浪和流放中，等待死亡的到来。

然而，这只是解释之一种。《谢尔盖神父》和谢尔盖神父的复杂性，使得解释者可以从不同角度进入，这也正是优秀短篇小说必备的特征。相比之下，《安娜·卡列尼娜》却是明确的，作者用题记、结构，甚至大段的直接观点表述，将阐释的可能框定下来。这种明确感，也部分造成了“过时感”。现在极少有长篇作家还会像托尔斯泰、巴尔扎克或者雨果那样写作，但短篇作家还在继续像托尔斯泰、契诃夫或者莫泊桑那样写作。因为短篇小说这种体裁，天然认可了作者表述的局部性和碎片化，这与当下主流的认知世界的方法并无冲突。而在另一个方面，短篇小说反而因此延续了对本质进行发问的能力，而长篇小说却在其发展过程中，越来越迷失在世界的细节和问题的细化当中。现实世界成为长篇小说家的资源，也成为长篇小说家的局限。在当下，哪怕是看似架空历史地域的寓言作品，也只是以抽象画一般的方式，对现实做出探讨和回应。那类定睛于人类的终极问题，却将具体现实问题搁置起来的作品，例如《神曲》《失乐园》《浮士德》，已经几乎看不到了。然而与此同时，短篇小说却依旧享有着抽空现实的特权。幽暗摇曳的人性，劳苦愁烦的生活，依然是短篇小说的主流表达内容。人们很少期待在短篇小说里看到风土人情的展示和“政治正确”的议题设置。正因如此，在某些时候，短篇小说反倒呈现出更宽广高迈的气息和更为永恒的质地来。

作为一名中国作家，当我写作长篇小说，脑中不免会出现一些重大问题，诸如国家的历史、民族的苦难、整个社会的图景等。现实和历史给了我无限丰富的素材，但与此同时，素材的无限丰富，也可能限制住我对人性和生命的深度思考。这是一个需要警醒的陷阱。在此意义上，短篇小说写作能够激发我，帮助我拨开纷乱的现实细节，往人性的深处和生命的本质里走。

粗略算来，我上次写作短篇小说还是七年前（其间有过一两个中短篇，是从长篇里选裁修改而成的）。在完成了一个大长篇（《好人宋没用》）和一系列人物素描（《浮生二十一章》）之后，我开始写作一组短篇小说。短篇小说何为？希望我的写作能够回应我自己的问题。

写于2017年7月12日星期三

朱三小姐的一生

一

每个人都在等待朱三小姐死去。她已老瘦成一把吽啦作响的骨架子，却仿佛永远不会死。

祥元里的孩子们，自打有了记忆，就识得她。那时，她头发还是皂灰色的，夹了些许银白，用篦子向后梳齐，在颈窝上盘个元宝髻，簪一朵塑料牡丹花。她身穿藏蓝的阴丹士林旗袍，光了两截青筋蚓起的腿，底下一双羊猄皮浅口高跟鞋。

有那么一阵，她天天站在学堂门口，将竹篮头拴了麻绳，悬在路牌上。篮里是她捡的废报纸。她折了许多纸鸟，边折边唱："我的少年郎，聪明又体壮，他给我无上的勇气，又给我无限的新希望……"声音清亮到不像她自己的，仿佛身体里有个二八大姑娘，在替她歌唱。唱罢，笑眯眯招手："乖小囡，来来，拿只小鸟白相相。看呀，小鸟飞啦。"一阵风过，纸鸟当真飞起来，扬着，颠着，盘旋着，在风尽处逐一扑落。"来呀，拿只小鸟，快点拿了跑。"

大家怕被她抓住似的，哄散开去，远远喊测。各人从父母那里，得到她的消息。她叫朱三小姐，又叫疯婆子、死老太婆。她孤身一人，住在隔壁弄堂三层阁里。"她是一个妓女。"大孩子们半懂不懂地说。

朱三小姐很快被驱逐。她意犹不甘，仍到学堂门口转悠。看门老头拿一把扫帚，嘘嘘嘘嘘，赶麻雀似的赶她。她一惊，欠欠身，沿了墙脚走开。旗袍裹着她的胯，将她步子勒得小小的。从马路对过看，她仿佛是在滑行。

她滑过点心铺，往里张一张，老板娘即刻出来阻拦，"做啥？"她退后半步，递出钞票，"两只菜馒头。"老板娘接钱进门，不时回个头，生怕她跟进来。她便愈发往后，退到梧桐树下。老板娘出来了，把找头甩给她，两只菜馒头放进竹篮。她捧出一只，吹着气，边走边吃。

她路过茶水摊头，又停下。摊主挥挥手。她站远了，少顷，又近前来。摊主说："没办法卖给你，你喝过的杯子，别人不肯用。"她忙从竹篮头里取一只杯子。摊主收了五分钱，为她斟满茶叶水。

后来，他逢人便说："雕花玻璃杯，琥珀色的，看起来很值铜钿，有钞票人家吃咖啡用的。"马上有人指出，朱三小姐拎的竹篮头，也不是普通买菜篮头，是有钞票人家装饭的箪笥。继而纷纷说开，断定朱三小姐在装穷，她的三层阁里，满是值钱物什。"一日到夜荡来荡去，靠啥养活自己，肯定有的是老本吃。"于是传闻道，朱三小姐出自大户人家。很快被街边下象棋的老头们否定，"啥大户小户，就是个妓女。""长三堂子出来的妓女，也算大户人家，个个比少奶奶姨太太时髦。""算了吧，她也配当书寓先生。朱葆三路上的钉棚，三五角洋钿，给外国赤佬钉一钉。""怪不得叫朱三小姐，原来是朱葆三路的小姐。""她女儿活着的辰光，亲口跟我幺儿媳妇讲的，啧啧。”孩子们凑了听，听不明白，便要问。老头们嘎嘎怪笑，用烟头扔他们，拿茶叶渣子啐他们，“小赤佬，鸡巴都没长毛呢，去去，一边去。”

好奇心让孩子们骚动。他们随在朱三小姐身后，“长三堂子、朱葆三路”乱叫。她跟聋了似的，依旧笃悠悠走。有人拿石头扔她，她哦哟回头，“小鬼头，不要调皮。”孩子们哈哈笑，笑过几次，便也无趣了。

在街角老虎灶旁，有一米来宽的凹角，放了把花梨木太师椅。靠背板正面，雕有牡丹花，背面用白漆写了小字："怀恩堂耶稣爱你。”朱三小姐走累了，歇歇脚。没人想到偷椅子。一个老妓女在用它，有点脏，有点不吉利。孩子们拖将出来，拿削笔刀抠刮白漆字。朱三小姐来了，他们便逃跑。朱三把椅子搬回原地，揩揩椅面，坐上去。时已入冬，她加披了长棉袄，旗袍底下套一条老棉裤。衣裤厚大，脑袋就显小，孤零零悬在领口上，仿佛一片枯叶子。

冬天是老年人的季节，每个人都显老一点。孩子们被冻得老成起来，姑娘们在肥衣服里埋没腰身，有了中年般的体态。而真正的老人，也在冬天一个个死去。他们的名字，被写在水门汀地上，用黄粉笔框一个圈。锡箔在名字上点燃。烟火明灭，灰烬翻扬，留下黑色的灼痕，将名字掩得斑驳难辨。孩子们踩到黄粉笔圈，沾了一脚锡箔灰，大人便嚷嚷，“快点跳一跳，把死人晦气跳掉。”孩子问：“为啥晦气，人不都要死的吗？”大人嚅着嘴，答不出，撩手一记头挞。

接连的冬天里，都有黄粉笔圈，在路上，在树底，在下水道格挡边。扎白腰带的子女们，抬了遗像，放了鞭炮，沿街哭一哭，隔日便跟没事人似的，继续他们的生活。下象棋的老头，死了一个，又死了一个。点心铺的老板娘，废品站的阿婆，烟纸店的长衫先生，相继死去。他们的小生意一起死亡了，门面变作便利店、鲜花店、贴膜店。老虎灶的大伯也死了，老虎灶收归国营，随后关了门。开起一家冒充法国来的面包店。倒闭后，换作服装店，又改为美甲店，再次倒闭，转让给修手机的。染黄发的小哥，终日坐在柜面上，拿手机看连续剧。店门外，易拉宝广告旁，换了一拨老人下象棋。

朱三小姐也老了。旗袍上补丁更多，走起路来，步子更小更慢。她依旧梳元宝髻，扎得过紧的白发底下，丝缕可见肉红色头皮。为要遮盖老人斑，她擦了满脸珍珠粉，粉粒嵌进皱纹褶子，仿佛一张连皮带肉的面具。路过的人们，忍不得回个头，说两嘴。猜测、嘲讽、咒骂，间或也有公道话，“老太婆五官蛮清爽的，年轻辰光卖相不差吧。”

二

朱三小姐年轻时，约莫是标致的。蜜合色的面皮，被“双美人”香粉刷白起来。一道垂丝前刘海，压着两条细眉毛。眼袋瘀青，早早有了细纹。亏得一副圆脸架子，把年龄减小下去。她的长脖子最好看，每件旗袍做成高领，箍一半，露一半，勾了男人眼睛，往头颈下面走。织锦缎旗袍，香云纱旗袍，阴丹士林旗袍，都用“双妹”花露水喷香。

她在卡巴莱酒吧上班。到了夜里厢，朱葆三路的霓虹灯，跟狗皮膏药似的，一块叠一块。音乐聒得耳朵痛。小汽车，黄包车，载来一车车洋人。喝酒、跳舞、打架、按摩、赌钱。

朱三小姐有个“四姐妹帮”，在新亚书店买来《金兰同契》的契纸，找了个长衫先生，相帮写下四人的姓名籍贯。又去沈石蒂照相馆合影。一色的细挑眉毛，垂丝刘海，嘴唇抹得浓又小。四个人看起来，真似同一娘胎出来的。合影粘在契纸上，各执一份，立为盟誓。

大姐来自盐城。几年前，一场瘟疫葬送她的丈夫儿女。她是朱三小姐认识的人里，第一个用文胸的，“瞧瞧，从法兰西运来的胸罩，比背心肚兜好用多了。”她展示给姐妹们看。朱三摸了又摸。大姐那对面粉袋似的奶子，潽潽满满兜在文胸里，将洋装顶高起来。洋阿飞们喜欢她，三五簇拥着，为她拌嘴打架。多毛的大手探入领口，东一抓，西一捏。一个黏糊糊的夏夜，她被醉酒的西班牙海员，掐死在安乐宫门口的鹅卵石路上。前襟被撕脱，文胸被扯掉，两只乳房从身体两侧挂下来。硕大的乳头、黑褐的乳晕，使她看起来像一位母亲。

小妹比大姐年轻十五岁，身体尚未长开，装扮却往老熟里走。满头发卷如弹簧钢丝，眼眶勾得墨擦里黑。她姘了个黄包车夫，租住在杨树浦的广式房子里。车夫借了老乡的私人包车牌照，让她扮作大家闺秀，每个下午拉她到

“上只角”揽生意。姐妹们劝她：“日做夜做，身体吃不消的，男人就想榨干你。”小妹道：“你们不要瞎讲，是我自己想做的。”

末几，小妹开始长杨梅疮。她在热水里撒盐，洗两条烂腿，被情夫发现，挨了一顿打，“还想瞒牢我，当我是瘟生阿木林，让我鼻头也烂掉是吧。”卷了她的钱，跑了。小妹搬来与姐姐们住。朱三与二姐凑钱，让她打六〇六[①]针，还讨了土方，取大蜈蚣、双花、生大黄，清水煎成药。一边吃药打针，一边仍被逼着接客。

朱三安慰道：“‘中状元’的多了去，都会好的。”

小妹默然一晌，道：“小时候家里养了只猫，跟我最亲。我十二岁那年，猫突然跑了，找也找不到。我差点眼睛哭瞎掉。后来听人讲，老猫都这样，知道自己快死了，就到没人的地方，安安静静去死。”

“不讲闲话，多休息，不是啥大事体。”

“人人看轻我。爹妈把我当畜生养，哥哥姐姐讨厌

---

① 即洒尔佛散（德语：Salvarsan）。也称作砷凡纳明或胂凡纳明（英语：Arsphenamine）或606，是第一种有效治疗梅毒的有机砷化合物，又用于治疗昏睡病，还是第一种现代化疗药物，20世纪10年代初投入应用。

我，邻居都要踏我一脚。他是欢喜我的，但更欢喜钱。谁不欢喜钱呢，不能怪他。我就望到死掉的那天，能够有点人样子。”

打过七八针六〇六，吃过十几副大蜈蚣，杨梅疮还是开到脸上。一个半夜，趁姐姐们外出工作，小妹不告而别。在二姐床头留了两双玻璃丝袜、一对玻璃耳坠。给朱三枕边留了一罐旁氏白玉霜、一双羊猄皮浅口高跟鞋。还在桌上压一张表芯纸，纸上用口红画了两个圆两块方。小妹不会写字，朱三和二姐不会识字。猜了一晌，估摸小妹的意思是，走了两个，剩了两个。

自此，朱三和二姐依傍度日。二姐常去“华都”舞厅伴唱。她歌声走得高，高了又高，还稳稳旋上几旋。白滚滚的手臂往斜兜里一甩，满身假珠宝丁零当啷响。大家称她“小白虹”，说她唱的《郎是春日风》，比白虹本人还好。她时或拉了朱三一道，合唱《人海漂航》。满池子男女随了歌声，摇摇摆摆探戈起来。

工作罢，回住处。卸妆，脱衣。她们睡一铺，搂得紧紧的，生怕对方跑掉似的。二姐将朱三的脸，贴到自己胸前，在她额上一舔一舔，渐渐舔至面颊，“三丫头，你发誓，这辈子不离开我，否则不得好死。不，不，”顿了顿，“如果你离开我，就让你一直活下去，想死也死不掉。”

三

朱三初遇张阿贵，是在二十四岁上。他是她的客人。他跟选牲口似的，检查眼睛嘴巴。捏住她的手，正反地看。将她领入房来，命她脱掉旗袍，观察腋窝、手肘和后背。又反复摁她下腹，问痛不痛。

张阿贵是老手，懂得在花烟间里挑干净货。朱三是干净的，面皮略黄，身体却白到发青。静脉血管犹如花纹，透出皮肤来。他揸了两只手，往回摩挲，“这身皮肉咋长的呀，简直像只燕皮馄饨。”

张阿贵生于广东，独自来上海，开个“打挣馆”，给外国人修轮船。他是嫖油了的人，迟迟不肯成家。有那么一阵，天天跑来找朱三，揉着她，吮着她，似欲把她吃进肚皮。他给她钱，不许她见别的客。仍不放心，赎她出来，在同仁里借了前楼同住。

张阿贵依旧出去嫖，次数却少了。已经包养的女人，何不用足呢。好比煮了正餐，白白扔掉，又出去花钱吃。张阿贵才不傻。他与朱三厮磨几年，渐有搭伙过日脚的感觉。每日里热汤热饭，养起一身膘。某个春天，他腹泻欲死，以为是“二号病”，却慢慢活了回来。自此见老，对朱三有了近乎讨好的依赖。

他对朱三说：“我耕你这块地，耕了多少年，也耕不出个名堂。你的‘红木家生’坏掉了吧，索性领个儿子去。”他剪了立式板寸，穿上机织布长衫，携朱三至新普育堂。

张阿贵在两排孤儿间踱走，逐个查看头发牙齿。朱三跟紧他，忽觉旗袍被扯住。是个五六岁大的女孩。朱三道：“要不收两个吧，一男一女，也好有个伴。”张阿贵道：“这女仔年纪大了点。”“大一点懂事，能够相帮照顾弟弟。”于是，他们收养了五岁的张桂芳，三岁的张桂强。

张桂芳称养父“阿爸”，唤养母“朱三小姐”。朱三打过几次，便由她去。一日拌嘴，张阿贵责备朱三，跟隔壁苏北赤佬闲话忒多。朱三讥诮张阿贵，欢喜吃醋还抠门，“广东瘪三，抠是抠得来，巴不得屁眼里抠出三块洋钿。”张阿贵笑了，“我要是不抠，就砸钱找书寓先生了，还嫖你这种马路上的咸水妹。”张桂芳听在耳中，不觉就懂了，向弟弟解释：“咸水妹是跟外国男人困觉的女人。”

人人都说张桂芳聪明，简直像是张阿贵亲生。张阿贵自学识字和打算盘，还订了两份报。张桂芳六岁起，拿了报纸，楼上楼下地问，学得二三十个字。张阿贵欲送她上学。朱三小姐道：“女小囡读啥书。”吵一架。逾数月，张阿贵将养女送至私立小学。

几年后，张阿贵投资赌场亏了本。朱三帮他去讨债。赌场在永安公司七重天楼上，讨债队伍一径排过南京路。轮到朱三，天色已然昏昧，对方将空了的钱袋一抖，让她下个月来。

旬余，张阿贵僵着脸回家，“赌场大老板逃去香港了。”他怪朱三不得力。朱三哭闹一场，变卖家具，收拾细软，在祥元里寻了个三层阁，举家搬走。还是被人找到，讨债的，讨工资的，乱纷纷上门。朱三出去做保姆，帮双职工倒马桶，给小脚老太挑井水。寻不到生活了，捡菜皮，拾垃圾，剥死人衣裳，常被“三道头”举着警棍追打。

张家已没钱囤米。逢到开火仓，朱三让张桂芳揣个小淘箩，出去现买两升米。张阿贵边吃饭，边喝酒，两截细伶伶的小腿，塞在八仙桌牙板空档里，打着嗝道：“你是老太婆了，否则回酒吧做做，也算一个办法，”又道，“都怪你，本来单身挺好的，现在养一大家子累赘。”

一日，张阿贵给养女塞了块梨膏糖，走出弄堂，再没回来。有说他外逃躲债，有说是被人做掉了。朱三小姐不敢报警，坐在床边哭。张桂强跟着哭，哭得气喘吁吁，又噎又呛。朱三抹一把眼睛，呵斥道：“哭啥哭，有你哭的辰光。做人就是吃苦头，这苦头，那苦头，死死掉最太平。”

到了夜里厢，朱三唤起张桂芳，让她跟个“阿二头”走。张桂芳问：“你把我卖去朱葆三路吗？”朱三掴她一掌。翌日，阿二头领回张桂芳，“本想教她做熟工序，混过拿摩温。她倒好，站在流水线上打瞌睡，头发差点轧到机器里。”

朱三打她一顿，又花钱托人，塞她进厂。磨螺丝钉，当缫丝工，一趟趟被辞退。朱三流泪道：“桂芳，你做啥不跟我一条心。你爸跑了，你弟读书，三张嘴巴等吃饭。

你也是大人了，要给家里撑着点。”张桂芳这才把上班当桩事。她被介绍到烟厂，负责把蒸熟的烟叶抽掉老茎。每天拉了满手泡回家。朱三小姐帮她逐个挑破，将流脓的双手，浸在明矾水里，“桂芳辛苦了。”张桂芳道：“在酒吧里做，轻松很多吧。”朱三小姐啐一口，拍开她。张桂芳捞起双手，在衣衽上擦干。她像个谙熟世事的成年人那样，睐了睐眼睛。

四

张桂强终于长大，头发微卷，眼窝深凹，像个西洋混血儿。他在太古码头当记录员，被照相馆老板的大小姐相中，做起倒插门女婿来。岳父要求他更换姓氏，改作王桂强。王桂强对张桂芳说：“王家是体面人，两个老的本就看我不上，要是晓得了朱三小姐，肯定赶我跑。”他让人抬来十数袋暹罗米，自此不走动。

朱三哭了几回，道：“我要去问问王家，他们宝贝女婿的良心，是被狗吃掉了吗。”张桂芳道：“你真心为他好，就别为难他。哪能办呢，各人各难处，就当没他这人吧。”朱三道：“你帮‘白眼狼’说话，是为自己寻后路吗。放心好了，你这辈子跑不出我手心。”

是年，物价飞涨，物资奇缺，烟厂一夜关门。张桂芳满街乱走，寻点零碎生活。替有钱人家喂狗，帮纺织女工带孩子。纺织女工告诉她，中纺一厂在招养成工。张桂芳回家说与朱三，朱三怂恿她去。张桂芳说：“我都二十二了。”“你身子骨没长开，看着就像十三四岁，去吧，试试看，又不吃亏。”张桂芳去了。负责招工的拿摩温，搦了细竹竿，往她头顶心一比，考几个问题，见她识过字，便录取下来。

张桂芳被分到细纱间，做挡车工。工友以工号互称。有个“60号”与她相善，将自家二哥介绍给她。一来二往，朱三觉察了，摸到60号家闹一场，“别看桂芳长得小样，都快三十了，身体瘦叽叽的，怕是以后不能生。”

男友分了手，张桂芳大病。朱三喂粥喂汤，半夜扶她溲溺，替她清洗血短裤，“老话里讲，多年母女成姐妹。我们娘俩，你照顾我，我照顾你，一辈子就过掉了。要男人做啥，想想你爸，你哥，哪个靠得牢。”张桂芳讷然。

少后，邻里渐有闲话。朱三不觉。一日去小菜场，买落市菜，碰着个街坊，打了招呼，往那人篮头里翻翻，“今朝买啥呀？”那人不吱声，将朱三碰过的番茄扔回摊头上。朱三渥了一肚皮气，别转屁股走。到家越想越恨，去门口候着，追问道：“你是啥意思，嫌鄙我吗？”那人道：“朱葆三路的拉三，弹开，不要带坏小囡。”旁边蹲了两个淘米女人，淌湿着手，互相咬了耳朵，扭转目光，上下刷看朱三。

朱三跑回家，裹了被头，斜在床上。不知多久，听得脚步声吱吱嘎嘎上来，便道：“你在外头瞎讲啥了？”

张桂芳关了门，往八仙桌上一觑：“咦，没烧饭啊，饿死我了。”

“问你呢。”

张桂芳揭开饭焐子，张一张，“我讲啥啦，我能讲啥啦。”

“你心里头恨透我了，在外头瞎讲八讲，想让人家瞧不起我。”

“我做啥要恨你，”张桂芳笑起来，“你那点龌龊事，有啥好讲。大概是老早的人客从朱葆三路寻来了。啊呀呀，做也做过，总要被人晓得的。”

朱三一掌撩去，指甲刮到张桂芳的脸。张桂芳搡开她。她趔趄后退，膝盖窝弹到床沿，揸开两手，反冲过来。张桂芳抬了胳膊，护住面孔，另一手去拧朱三。朱三低下肩胛，顶撞她的胸脯。张桂芳顺势揪她头发。朱三反捽她头发。两人互相抓着，叫着，兜兜转。五斗橱、八仙桌、马桶、木椅，乒乓乱响。一只瓷面钟哗嗒落地。朱三噢哟一声。两人同时松手，去看那钟。朱三说："钟罩子碎了。"张桂芳说："还在走。"收拾了残片，将钟放回五斗橱上。各自整理头发，凑着脑袋，看一晌。张桂芳道："时间还是准的。"朱三道："你爸当年买的英国货，贵得要死。那个辰光，以为一辈子会有好日脚过呢。"

此后，朱三碰到邻居，便拉住诉苦，"桂芳脑子坏掉了，乱话三千，没一句真的。"众人绕开她走。朱三对张桂芳道："到底是我养大你，没有功劳，也有苦劳。你在外面败坏我，害得大家不睬我，对得起良心吗？快点跟人家把话讲回来。"张桂芳道："我真没讲过你坏话。要是讲了，让我明朝出门，被小汽车撞死。"

大半年后，张桂芳死了。不是被车撞死，是去外滩

“轧金子”，被人踩死的。时值年底，人人都传，黄金将要撤出上海。张桂芳在存兑申请期的前日，便去中央银行排队。

临出门，朱三道：“好像要落雨，带把伞去。”

张桂芳道：“水壶、军毯、罗宋面包，塞得潽潽满，我有三只手吗。”

朱三捏她一把，“衣服够吗？”

“棉袄忒厚，汗都捂出来了。”

“要在外头过一夜，撑得牢吗，我心里别别跳。”

“啊呀，又不是我一个，同事家家都去的。不去哪能办，金圆券砸在手里厢，揩屁股也不好用，刮得屁眼刺刺叫痛。”

朱三听了张桂芳下楼。想象她行起路来，身体往前扎，仿佛用脑袋顶开暮色。微带罗圈的双腿，一走一踢，步子琐碎。朱三笑了，旋即怅然。张桂芳啊，若是亲生的就好了。

夜间七八时，头顶开始噼啪响。雨滴弹击老虎窗玻璃，由疏至密。朱三闭门枯坐，听得厌气，早早上了床。她一夜乱梦。梦见从死人堆里爬起来，梦见父亲用火钳烫她腿臂，梦见走在番瓜弄，穿过空了的滚地龙，倏然蹿出个男人，将她掼倒在垃圾堆旁。她坐醒起来，“不好了”，捂住胸脯，喘息不已。

空气潮冷，渥着阴沟洞气味。公鸡开始打鸣。当啷啷一阵铜铃响，粪车压着弹格路面而过。“倒马桶喽，马桶拎出来喽。”楼下喧起来，乱纷纷说话，啪啦啦走动。“沪生阿爸，调黄金去。”“调的人多吧？”“昨日夜里厢，阿二头去了，他媳妇轧得昏头昏脑，回来跟我家子婆讲，外滩要轧坍掉了。”“我今朝还要上班。”“上啥班啦，赚了一袋废纸头回来，不够糊墙壁。”

朱三懊悔让张桂芳去。风吹得倒的小女人，哪能轧得过爷老头子们。朱三早饭没吃，中午蒸了四只馒头，暖在饭焐子里。待到傍晚，热一热，吃一个，其余放进碗橱。

亭子间有人回来，说外滩人轧人，轧死人，骑马警察来了，救护车也来了。朱三下去问：“看到桂芳没有？”

“介许多人，哪能看得到。”

“桂芳还没回来。”

“那你等一等，总归会回来的。”

“她啥辰光回来？”

“呀，你问我，我问啥人去。饿了一夜天，刚刚端起饭碗头，你就来问东问西。”

朱三讪讪回屋，靠在床头，不觉睡着。半夜里肚皮乱响，又起来，吃一个馒头。馒头冻僵了，入得腹中，又涩又胀，还有一股子腥腻，那是眼泪水的味道。面颊、下巴、手指头，都湿乎乎的。朱三里外冷了个透，缩在薄被头里，熬过下半夜。

要到一周后，才有人通知认尸。面目瘀肿的张桂芳，已经不像张桂芳。斜咧的嘴巴里，碎了三颗门牙，舌头往前抵，一副有苦再也说不出的模样。朱三晃一眼，软在地上，出不得声。

大家都说朱三家不走运。“一两黄金七条命”，全上海死掉七个，偏就摊上一个。朱三坐在楼门口哭，“活来活去，活了一场空，以后靠啥人去呀，死了也没人相帮买棺材板。”听得人人皱眉头，“哭一哭就好了，还哭出瘾头了。”“今朝哭了明朝哭，魂灵头都被她哭掉。”“年轻辰光做坏事体，老天爷报应。”楼里出了两个男人，一人拽一臂，将她拽上楼，推入三层阁，掩起门来。

朱三哭不动了，剪下吊灯尼龙开关绳，兜在脖颈里，抬头寻了个遍，没地方挂。又拿起剪刀，比一比手腕，扔开。寻死是最难的。早年在朱葆三路，她曾将鸦片混了烧酒吞下。死过半日，又在医院活回来。二姐道：“阎罗王嫌鄙你了，弗肯收你。”于是只好活下去。

过了小半月，朱三心思略定，想起还有个儿子。她理了头发，换了衣服，别一扇栀子花。自觉体面了，找上门去。王家在南昌路，住西班牙式洋房。反复敲门，无人应答。她沿了砖雕围墙，走到前门。出来个老头，说：“王家刚刚卖脱洋楼，搬了走了。”“搬到哪里去，生意有难处吗？”她插入半个身子，见内有二道门，紫藤棚下停了松花绿的皮尔卡轿车。“那是王家的车吗？我是亲家婆，放我进去。”老头不允，两厢推搡。

看热闹的围拢来，“阿婆，王家当真跑路啦。悄悄叫跑的，洋房一夜空掉。”“我不信，跑到哪里去？”口舌乱起来，有说跑去香港，有说跑去阿美利加。朱三问：“阿美利加是啥物什。”“喏喏，一个老远老远的国家，跟月宫一样远。”

很快，祥元里人人皆知，朱三找过儿子了。有说王家给了她许多“小黄鱼”[1]。也有说：“不可能，真有‘小黄鱼’，就顶一间洋房住住，窝在这里做啥。”“不管有没有‘小黄鱼’，亲家婆找上门，多少会给的。”“就是，你看她的旗袍，是丝缎的。”“那不是新做的，老早就见她穿。”“王家是大户，哪能抠门，手指头缝里漏一点，就够她吃十年八年。”

一夜，有人赤了脚，摸上楼梯，拨开榆木门板上的弹子锁。三层阁内有呜咽声。不是呜咽，是朱三打着不安稳的鼾。月光透下老虎窗，笼着满屋白纸白花，亮晃晃扎眼。张桂芳的黑白照片立在五斗橱上。她嘴巴在笑，上唇微微扯起，露出完好的门牙。目光却没有笑，两只大小参差的眼睛，也斜着闯入者，看他逐一打开抽屉。

“啥人啊，桂芳！”朱三惊觉。那人往床上一扑，捂住她的嘴，“金条呢？金条在哪里？”朱三举臂，那人压住她手臂。朱三踢脚，那人压住她脚。皮肉触碰，那人喘起来，捏着揉着，把被子蹭下床，弓身半跪，两只膝盖顶开她的腿。“老吃老做的老太婆，看你再装腔，杀了

① 中华民国中央银行用作储备金的金条，即俗称的“大、小黄鱼”。小黄鱼指1市两金条。

你。”那人掐她脖颈，掐得她牙齿直咬舌头。她不动了，眼皮半阖，四肢松塌，仿佛一块任由吞食的隔夜肉。

五

没人说得清，朱三是何时疯掉的。她拎着竹篮头满街走，痴笑，自语，逗弄孩子。好心人搬了太师椅，为她放在街角。她坐上去，眼睛定怏怏的，仿佛一个面色疲惫的正常人。于是有说她装疯，“脑子拎得煞煞清，解放军一来，马上脱了旗袍，乖乖叫换上对襟袄。”

世道乱得不能再乱。忽而抓反革命，忽而斗资产阶级，忽而揪右派。有积极分子想起朱三了，说她和外国人困觉，还有个儿子潜逃出国。居委会找了她去，七八个人，研诘半日。她只反复道：“桂芳回来了吗？桂芳呢？桂芳在哪里？”嗯嗯啊啊笑。

最后是治保主任给了话：“你们争来争去，争不出个重点。敌我矛盾，人民内部矛盾，分得清爽吧。上次写反标的，重点批一批，还有换邮票的国民党特务，多上点手段，务必让他老实交代。这只老太婆，旧社会受外国人剥削，现在年纪大了，没亲没眷，脑子也不正常。把她搞死了，会得触霉头吧。”

朱三约莫六十多岁，看着有七十出头。一年一年，老得飞快，展眼便是八十又几。她记性变差，搞不清自己年龄。只记得属牛，从小被骂“戆牛”。老来更像牛了，慢吞吞，木噱噱。两只膝馒头胀似铁块，走路直棱着腿，脚下不停打绊。

她牙齿又细又长，渐有摇落。吃东西时，嘴巴犹如磨盘，一磨，一瘪，又一磨。她吃得进，拉不出，早晚蹲在马桶上，揉着胀气的肚皮，哼哼唧唧。睡眠也不好。每日困得坐不稳了，才敢躺倒。

杨木棕绷床的顶头上，老虎窗碎了玻璃，兜起一块油布。油布哗啦啦颤动，将夜风刮送到她身上。她皮肤愈发干痒，留着十道指甲，挠得浑身一条条红，皮屑跟落雪似的。终于浅浅睡去，却不停被自己的放屁声惊醒。

睡觉辛苦，醒来更辛苦。她衣服穿到发馊，才洗上一洗。没力气拧干，滴里嗒啦晒几天。漂不干净的固本肥皂，在衣褶子里重新结块。她拎着马桶上下楼，越来越花时间。一次力有不逮，泼翻马桶，自此改用痰盂罐。搪瓷罐口箍得屁股痛，大腿麻，站不起身。便在街上捡一只塑料瓶，裁开，悬在床边做夜壶。又拾来废报纸，裹了粪团，一团团扔进竹篮头，塞在床底下。

吃饭更是个负累。她焖一大锅饭，用开水泡了，就着榨菜连日吃。嘴巴越寡淡，榨菜越吃多。时时口渴，时时憋尿，一憋不住，就弄湿裤子。于是翻出多年不用的月经带，叠几层草纸，垫在裤裆里。

吃喝罢，劳作罢，便要出个门，晒掉身上霉气。朱三坐在街角太师椅里，看着什么，又像什么都没看。身旁老虎灶的热气，腾腾熏蚀眼睛。她眼底挂了大眼袋，上眼皮皱似胡桃壳。一对浑浊的眼乌珠，仿佛焦距不准的镜头，望向这个世界。

朱三留意到，满街灰蓝色人影，争相妆红着绿起来。她知道世道已变，便从樟木箱底取出旗袍，补裰了，重新穿上。为遮掩臊味，她开始喷花露水，又用珍珠粉兑水，涂抹脸皮。她照照圆面镜，下楼出门。入暮回家，再照一照。直至脱袜上床，面孔依旧带着粉。很多人是在睡梦中死掉的。朱三害怕随时会死。死的时候，模样总要过得去。她无儿无女，没人会来整理遗容。

然而，朱三还是醒了。被屁声惊醒，被浓痰哽醒，也或是殷勤的日头，从老虎窗上晃醒她。她睁开眼，知道又活过一日一夜。吃掉三顿泡饭，喝完两杯开水，排出半罐屎尿，落下一把头发，用了五张草纸，耗费四盆自来水。当她再次起床，身上的皮肉，又比前日松败了一点点。

亭子间阿姨的小外孙，每见朱三出来，便“长三堂子、朱葆三路”乱喊。朱三四顾无人，近前拧他耳朵，“小赤佬，拎不清，真以为我疯掉吗？我是有海外关系的人，儿子在美国发大财，到辰光回来接我走。你表现好点，我送你一只金镯头白相相。”

这话传开，众人讶然，朱三果真在装疯。她像只精刮的老乌龟，看看苗头不对，脖颈一缩，躲进保命壳子里。不够精刮的家伙，统统倒了霉。比如那个写反标的，比如那个卖邮票的。他根本不是特务，他只是喜欢集邮。谁在乎呢，死都死了，平反又能怎样。批斗他们的治保主任也死了。那是在十二年后，他鲠了一根鲫鱼刺，喉头水肿，窒息而亡。

朱三为他焚香，合手拜几拜，“主任，谢谢你，再会。”回想当年，真叫惊险。有个姓王的女人，一意跟朱三过不去，说她里通外国。治保主任道：“她跟我妈差不多老，一只脚踏进棺材的人，能做多大个坏事体。”朱三认得主任他妈，斜白眼的宁波老太，年前刚刚病逝。或因一点残余的悲恸，主任保下朱三。姓王的兀自不满，见了朱三，总要呸一声。七八年后，她中风在床。朱三特地去看望，倚床坐一晌，啥都没说，笑着出来。不久，那女人褥疮感染而亡。

最让朱三高兴的，还是楼下“四眼”的死讯。他是祥元里第一个穿军便服的。花了五分洋钿，买一片染色剂，将旧衣煮成黄绿色。又用五粒“八一”军扣，替掉木纽扣。贼忒兮兮的小瘪三，穿上假军装，腰也挺了，步子也迈大了，正经得像个革命军人。

只有朱三知道，他曾夜半潜入三层阁。偷金条不成，掐得她半死。还褪去她的裤子，五指插入她腿间。她喊痛，他便咬她，呸呸吐唾沫，生怕脏了嘴似的。直至她流血不止，他才罢手：“啃不动的老野鸡，哪能不去死。”

朱三在纸上画一副眼镜，每日用缝衣针戳刺，“老天长眼，恶人有恶报。”岂料“四眼”越活越抖擞。世道松动后，他家儿子做生意，炒股票，发了不得了的财，接他去住大房子。他时常回来，说是探望老邻居，炫耀他的手表和皮鞋。朱三气到呕吐，想去揭发，犹豫良久，作罢。她活得太久，见得太多，晓得世道会变过来，也会变过去。谁能说准明朝的风向呢。

好在阎王爷出手，帮她报了仇。一日，她孵在太师椅上，被日头晒得打瞌睡。忽被鞭炮惊醒，见大队男女，堵着马路，慢慢压过来。七八个灰衣道士，吹打念唱，像在拍电视剧。香烛师蹿来钻去，麻雷子、二踢脚、大地红，爆响不绝。两个哭丧的女人，一扑一号，此起彼伏，时或翻白了眼，身子斜斜一软，仿佛昏厥过去。旁人赶忙扶住。在她们身后，是二十来个黑衣黑裤的老小，别着白头花，捧着半人高的遗像。

街边堆起了人，纷纷介议论。朱三挤不进，趴在肩膀缝里听。有说死者得的脑梗，有说是脑癌。有说这家人早已搬走，回来大做排场，是要存心显摆。朱三使力问道："死的是啥人呀？"旁人俯到她耳中喊："隔壁弄堂的四眼，记得吧，穿绿军装那个。"朱三噎住似的，捂了嘴，挪开两步，放手笑起来。怕被人注意，边笑边往家走。

到得三层阁，躺在眠床上。狂喜挟裹了悲伤，将她整个掏空。她涕泪满面，浑身抽搐，几欲虚脱。亲人死了，恩人死了，仇人也死了。她第一次发现，自己活得太长。她想起二姐的诅咒：如果你离开我，就让你一直活下去，想死也死不掉。朱三确实离开了她，可她说话未免忒毒。想死也死不掉，是个啥感觉。

日子一天一天，没完没了。朱三的皮肤愈益松垮，似要从骨架子上脱落。骨架子更是不像样，骨节凸楞楞的，眼窝和颧骨却深凹下去。白发过于稀薄，没法用头绳扎紧，这里那里地漏出来，犹如被踩扁的枯草，风一刮，满脑袋乱飞。

她在床上铺了寿被，置了寿枕。购一套“三领二腰”的红寿衣，穿在棉袄里头。她买来锡箔纸，为自己做元宝。银光惨惨的锡箔元宝，堆满床头、桌面、抽屉、地板。又在地板上层层叠高，淹没她的腿。她睡在元宝里，立在元宝里，蹚走在元宝里。整座三层阁，仿佛一洞银色的圹穴。

阳光大好时，她会爬出来，在太师椅上坐一坐。椅子漆色剥落，骨架松动。曾经上好的花梨木，变作废柴堆似的。它被扔在街边凹角里，日头晒着，雨水淋着，白蚁噬着。没有旁人动它。它阴沉沉的，仿佛一件死物。

朱三攀着椅子，拐杖搭在扶手边。她身形缩得太小，双脚已经够不到地。她喘了气，挪了屁股，要将后腰贴到靠背板上。臀骨尖锐，磨蹭椅面，感觉不到痛。听力也消失了。上眼皮耷拉至眼窝，遮住她久患白内障的眼珠。

有个头发花白的胖子走近来，“喂，朱三小姐，认得我吗？”朱三没有反应。胖子头颈抽动，喷出一嘴的嗝，混了红星二锅头和隔夜呕吐物的渥臊气。油津津的腮帮肉一抖，跌坐在朱三脚边。

“在我小辰光，你来学堂门口，我还朝你扔过石头呢。那时六七岁，不大懂事体，听别人讲你，就跟了后头骂。你记得吧，没生气吧。你唱歌老好听的，是叫什么歌名呀？”他扯扯朱三的旗袍。朱三若有所感，眼皮一眯，脑袋缓慢挪动。

胖子开始诉说人生，痛风、高血压、肝硬化，离婚、丧母、下岗、股票亏本、银行欠债。说到天色微淡，暮风撩面，半醒不醒的，“算了，疯老太婆，不跟你多讲。我就是想不落，你哪能要活这么久。活着有啥意思呢。”他撑了几撑，摇晃着起来，从裤兜里掏一把钞票，“喂，喂，给你，买点老酒吃吃。”等了等，把钞票甩在地上，走出一段，回头看。钞票扑着跳着四散开。两个行人弯腰追捡。朱三小姐没有动。她坐在她的椅子上。她已经坐了百多年，仍将继续坐下去。

初稿写于2017年2月27日星期一

二稿写于2017年3月27日星期一

别亦难

那日，陶小小的猫跑了。

它是一只黑色的东方短毛猫，腿脚修长，脖颈纤细，尖窄的脑袋上，耸了一对三角大耳，间或一转，细麻绳似的尾巴便抽直起来。

三年前的夏夜，它从房门缝钻进来，蹲在厨房地板上，一声挨一声地叫。陶小小听了不忍，舀两勺米饭，拌上剩菜，喂与它吃。翌日，猫又来了，舔光陶小小给的牛奶，在屋里走动开来，沿了墙脚，一嗅一嗅。第三天，它叼来一只死老鼠作酬，放在陶小小脚边。陶小小把老鼠扫进簸箕，扫帚一扔，噘嘴道："过来。"黑猫迟疑着，过来了，眯着眼，蹭着陶小小。陶小小抚摸一晌，捏住它的后颈皮，将新买的尼龙项圈，箍在它脖子上，"以后，你就叫玲玲。"

陶小小有一个女儿，也叫"玲玲"，是她三十六岁上生的。玲玲，玲玲，喊起来嘀呱松脆。丈夫张博仁嘀咕了一句："张玲？这名字太俗，没有书卷气。"便也随她去。

张博仁的母亲不喜陶小小，嫌她年纪大，屁股窄，不是个能生的。又嫌她太高，比男人还高半头，简直浪费粮食和布料。可张家成分不好，找不到像样媳妇。张玲出生不久，张母过世了，临终嘱咐儿子："高个女人忒强势。你要克牢她，免得有一日她骑到你头上来。"

张玲四五岁时，张博仁开始殴打陶小小。他是个烤砂工，长年铲砂送砂，练得浑身是劲，胳膊上两块"栗子肉"硬邦邦的。他一手卡住妻子脖颈，迫她俯首下来，一手捏了拳，朝她身上冲，还腾了一只脚，往她阴部一蹬一蹬。她左右扭摆，甩他不脱，便闭了眼，抿了嘴，身体蜷缩起来。他见她不肯落泪求饶，愈发恼怒，直打得她身体松软了，才罢手。

张博仁从不将妻子打出血。野蛮人才将女人打出血，比如当年冲进张家的红卫兵。女人，是要打一打的，但斯文人家，最好别见血。张家是斯文人，张博仁幼年会写小楷，临过赵孟頫。张父办了个学校，讲什么墨子、兼爱，后来把校舍书籍统统捐给国家。在挨过几次批斗后，他失踪了。有说他投奔台湾，有说他畏罪自杀。张母盼他死，又不甘心，“倒是便宜他了呀，自己痛痛快快翘辫子，害得我们母子受苦。”

张博仁的哥哥去了黑龙江，姐姐用尼龙绳套住脑袋，把自己拴在床头横档上，被人发现时，两只脚都乌紫了。张博仁做着苦生活，住着亭子间，四十多岁才娶妻。妻子也是年纪一把，寻不到婆家，勉强嫁过来的。她本不该是他的女人，这本不该是他的生活。

张博仁整日躁闷，若有一把慢火，在身体里炖着他。陶小小在桌旁咀嚼的样子，在眼前走动的样子，在床沿上织绒线的样子，都令他无法忍受。他下班回了家，总要轻轻慢慢走到房门口，似想出其不意，逮她个把柄。一日，便逮到了。陶小小在门内跟女儿讲："爸爸是个坏人，爸爸不喜欢你，喜欢男小囡。只有妈妈待你好，你长大也要待妈妈好。"他捏了拳头，冲将进去。那是他第一次动手。她胸腔深处闷闷噗了一声，身体向后仰倒。玲玲哭叫起来，护住母亲。他扯开她的手，她又护回去。如是几次，他跟醒了酒似的，晃悠悠收手。陶小小缓慢坐起，脸色犹如刷过一层浆。他后退半步，声音轻下去，"几点钟了，还不烧饭。"

打人是会上瘾的。张博仁越来越爱找碴。甚或没有理由，也动起手来。但他是斯文人，不会将她打出血。三十五年后，当他中风瘫痪在床，便如此为自己辩解，"打出血了才叫打，没出血的，都是两口子闹亲热。老太婆，你说，是吧？"

黑猫不请自来后，陶小小在弄口电线木头上，发现一张寻猫启事。黑白打印照里的走失者，正是她新收养的玲玲。它真正的主人，是一位"张女士"；真正的名字，叫作"妹妹头"。

妹妹头——像弄堂里倒马桶的小脚老太起的。陶小小的母亲，就是这样的小脚老太。她呼唤每个女儿，都叫“妹妹头”。她饿着她们，给她们穿小一码的鞋。陶小小自记事起，时时觉得饿，连酱油都偷来抿一口。母亲打她，又搂住她，“妹妹头啊，我是为了你们好。陶家种气差，个个长得像晾衣裳竹竿。我让你们少吃点，长矮点，是盼你们寻个好婆家。你看我，就是个头太高，只好嫁给你爸。你爸算个啥物什，懒得来出蛆，穷得来淌淌滴，没有女人想要他。”

陶小小温暾暾长到十二岁，倏然蹿高起来。夜间惊醒，膝盖痛麻，似有一股力道，将双腿往长里拉扯。父亲偷偷给她买零食。母亲发现了，“穷鬼、懒胚”乱骂，还拉过陶小小，使劲摁她脑袋，像要把她摁矮回去。

陶小小终究比父母高，也比四个姐姐高。当她过了二十六岁，母亲开始事事嫌鄙她。她太高，太丑，但这怪不得她。她是贤惠的，时常惹得街坊夸奖，“妹妹头脾气交关好，一日到夜闷声不响。手脚也勤快，样样物什拿得出手，明年帮我家也绣一副枕头套。啊，对了，啥辰光成家啊。”三十五岁时，做媒的跷脚娘姨寻上门来，“我这里有户人家，妹妹头中意吗？姓张，工人，脾气蛮好，规规矩矩的。”母亲一口应下，“啥聘礼都不要，把人要过去就行。”

陶小小撕了寻猫启事，又在街区里兜转，将所见的启事尽皆扯碎。她等了个把月，确信“张女士”不会找来，这才跟遛狗似的，天天遛起她的猫来。

黑猫一走野地，就不安生，爬树、钻墙、抓麻雀。逢到落雨天，又躲躲窜窜，不肯出门。陶小小买了宠物雨衣，裹在它身上，“玲玲啊，妈妈是为你好。家里气味臭，闻多了会生毛病，每天要出去走一走的。乖乖，我们回来吃最贵的罐头。”黑猫脑门沾了雨，发疯一般乱叫乱跳。陶小小拽紧牵绳，不停踢它，直踢得它乖巧下来。

很快，所有人都知道了这只猫。跳舞队阿姨们围拢来，叽喳指点，说它长得像羊，像鹿，像马，像狗，像豹子，也有说：“这猫长手长脚的，跟陶阿婆最像。”陶小小抖一抖牵猫绳，笑起来。她好久没有咧开嘴笑，上回还是女儿张玲考取中专时。展眼二十五年过去了。

忽有人道：“这猫是怪胎吗，从没见过这样的猫。”另有人道：“你是没见识。我家洋女婿就养了一只这样的，浑身带斑纹，聪明得不得了。外国人流行养怪里怪气的品种，宠物店买买贵得要死。”“那也是带斑纹的，不像这只，墨擦里黑，有点吓人。”“外国人不养黑猫的，不吉利。”“外国人归外国人，中国人养黑猫能辟邪的，不过我是不会养。”“你不养，有人养。前阵子弄堂口不是有人贴油印小纸头吗，说是家里丢了猫，请大家相帮寻一寻，寻到了奖赏五千块洋钿。也是一只黑猫，跟陶阿婆这只有点像。”“呀，我也看见过，真的蛮像的。”陶小小忙道：“我这只是真金白银买来的。那人不看牢自己的猫，怪谁呀。”从地上抱了猫咪，快步回家。

自此，陶小小不再遛猫。她把从超市服务部偷来的塑料绳，编作三股粗，四五米长，替换原先的牵绳，绳头拴在张博仁的折叠床腿上。又在旁边放一只藤篮子，铺上棉垫，撒好猫薄荷。

张博仁的折叠床，嵌在三面墙壁之间。原先这里是个壁橱，在张博仁褥疮发臭后，陶小小卸了橱门，敲掉门框，把他连人带床塞进去，“我是为你好，弄得屋里厢全是味道，你自己最难受。”

张博仁是在卧床半年时染的褥疮。起初发水疱，继而溃烂，复又发黑发臭。他泡在脓水里呻吟喊叫。她被吵得睡不着，喂他头孢和安眠药。当他患上败血症，她以为是感冒，又加喂了百服宁。未几，他开始神志不清，这才送他去医院。医生说："再晚一点，就救不过来了。"

张博仁从医院出来，对陶小小说："你对我是有感情的，否则也不用看病，让我在家里死死掉拉倒。"

"我不想你随便死掉，太便宜你。"

张博仁笑了，"我是惹你讨厌，可你一个人活着，更没劲了。"

"嘁，巴不得一个人，想做啥做啥。我参加跳舞队去，每天跳跳扇子舞，心情好了还能旅游，我想到天安门看一看。"

张博仁又笑，"跳舞队都比你年轻一截，才不会带你玩。只有我不嫌鄙你。少年夫妻老来伴，年轻时谁家不打闹。老了就消停了，老两口你陪着我，我陪着你，一辈子过完拉倒，是吧。"

现在，张博仁不能确定了。陶小小有了一只猫。她像疼女儿似的疼猫，对张博仁愈发懈怠下来。她给他的喂食，减至一日一顿，"医生不是讲了吗，像你这种瘫子，不能吃太多，免得增加肠胃负担，弄不好搞出糖尿病。”

洗澡、翻身、换尿布也少了。张博仁重新闻到自己的体味。汗液、粪溺、口臭、皮肉溃烂的混合气味。他会再次得败血症的，而陶小小，一定不肯再救他。

张博仁痛恨黑猫。猪来穷，狗来富，猫咪来了戴孝布。这畜生就是个丧门星。它跟人一样精刮，晓得讨好女主人。陶小小说“去”，它便去，说“来”，它便来，让跳就跳，让躺就躺。陶小小吃饭，它便乖乖蹲在桌底，递什么，吃什么。晚间也跟陶小小一床。她看电视，它也看电视。她躺下，它也躺下。它似乎自知不够圆软，便要刻意扮可爱。团了身子，收起四肢，脑袋往她身上蹭，口中呜啊做婴儿声，引得陶小小又亲又抱，心肝宝宝乱叫。

陶小小不在家时，它才将乖巧的嘴脸卸下。时或蹲在穿衣镜前，从镜面里觑望张博仁。张博仁从棉被底下抽出一根不锈钢“不求人”，指指戳戳吓唬它，“看啥看，马屁精，当我好吃吃是吧。自己照照镜子，算个啥东西，猫不猫，狗不狗的。你也配叫玲玲，我女儿才叫玲玲。玲玲高高挑挑，漂亮得不得了。老太婆拎不清，对一只猫这么好，对亲生女儿那么差。玲玲就是被她气跑的。她不许玲玲读高中，逼她考中专。毕业出来，中专已经不吃香了，害玲玲找不到好工作，还要辛辛苦苦进修。玲玲谈了个男朋友，一间办公室的同事，互相知根知底，不是蛮好吗？她偏要拆散，说男的个子太矮，是外地户口。矮怎么啦，外地户口怎么啦。小畜生，我告诉你，讨好老太婆没用，她翻起脸来，亲生女儿下跪磕头也没用。你晓得她做了啥？她跑到玲玲单位哭闹，要求领导出面管管，闹过几次，把玲玲工作闹丢了。玲玲从小到大，啥事都依着她。我们住的一室一厅，也是玲玲买的。玲玲作孽啊，哭来哭去，留了一张纸条，就跑掉了。纸条上写了啥，老太婆不给看，肯定是玲玲骂她了。骂得好，哈哈，哈哈，玲玲走啦，走啦，她不要老太婆了，也不要我了。不不，玲玲没有不要我，玲玲最孝顺我了。你看看这根不求人，就是她送的。以前她每日给我挠背。手劲不轻不重，指甲不长不短，挠得可舒服。有天她突然送了这个，还塞了一万块钱。册那，我早该猜到的，她那时就想离家出走了。”

张博仁说一歇玲玲，说一歇陶小小，又说一歇玲玲，甚至说到早前过世的父母。往事在头脑中交混起来。他认定母亲是被陶小小气死的，认定陶小小欺负了自己一辈子。中风这件事情，保不准也是她的手脚。张博仁越说越恨，恨不能跳下床来，揍谁一顿。他抖着面颊，朝黑猫勾起手指，一抠一抠的，“瞪了两只绿眼乌珠做啥，总有一天帮你抠出来。”

黑猫像是听懂了，跳上床尾逼视他。后腿抻直，脊背弓起，双耳朝后折过，尾巴犹如抽鞭子一般左右甩摆。他向它嗬嗬挥舞不求人，“小老虎，你想吃了我吗，来呀，来呀。”它愈发将瞳仁鼓圆起来，测度他手中武器的威力，自觉不敌，便后退两步，跳下床去，满地发泄怒气。抓家具、咬床罩、拍翻水杯、扒拉晾晒的衣裤，还低头撕咬头颈里的项圈。

陶小小把项圈称为“衣裳领头”，每日拎一拎松紧，检查接口，“乖宝宝，让妈妈看看，领头戴好了没有”。项圈粗得像打包带，把脖子毛磨光了。陶小小不是不心疼，却害怕黑猫逃走。她好几次见它又蹭又扯，企图挣脱出来。

此刻，这猫跳上钻下，还是挣脱不开，便佝了头，耸了背，将下巴揳入项圈。居然成功了。它张嘴咬项圈。一咬不断，项圈撑住它的嘴，将半只脑袋勒紧起来。它摇晃着，呜咽着，喘息着。笃笃转，头头转。脖颈渐渗出血来。

张博仁笑了：“小畜生，难受吗，跑也跑不掉，死也死不了，哈哈，跟我一样，哈哈，哈哈。”黑猫叫得越大声，他就笑得越大声，笑声在嗓子口滚得毛糙糙的。他扭转至床沿边，一手撑着身体，一手举起不求人。那猫提防不及，吃了一击，赶忙腾出爪子，抓扑不求人。张博仁五官拧起，胳膊肘愈发往外撑，仿佛忘了瘫痪，即刻要跳下床去。斗了几下，黑猫颈部吃痛，便拖了一径血迹，跌撞撞往外间跑。张博仁奋力一掷。不求人砸到猫背，往墙面一弹，跌落在地。张博仁挂倒在床边，整个人虚脱了。

不知多久，听得锁孔响。张博仁挣扎着躺正回去，闭目假寐。房门铰链吱嘎作声，“玲玲，妈妈回来啦，啊呀。”菜篮子扑通扔下，保暖鞋沙沙乱走，乒乓拉开抽屉，乒乓阖上，一阵窸里窣落。猫叫声，安抚声，椅子碰撞声。逐渐安静了。墙上的三五牌挂钟，咔嚓嚓走动，间杂了古怪的轻响。张博仁意识到，是陶小小在啜泣。他从没见她哭过。“老太婆，是你吗，发生啥事体啦，我刚才困着了。”

啜泣声消失。陶小小抱着猫进来，踢正藤篮子，将它轻放进去。项圈已被剪开，猫脖子上涂满金霉素眼膏，贴了七八张创可贴。张博仁想故作惊讶，怕反而惹怒妻子，便不动，不出声。陶小小红着鼻头，跪在地上，像拥抱婴孩似的，拥抱她的猫。西晒太阳从窗角擦过去。屋内的家具物什，都混沌沌的，仿佛一堆年代久远的陪葬品。

良久，张博仁轻声道："喂喂，晚饭吃啥？早上到现在，我就喝过两杯水。"陶小小将黑猫放下，又护着猫窝，凝视片刻，这才起身，直着两条跪麻了的腿，一跛一跛扶墙而出，拿来两只猫罐头，"玲玲乖宝宝，饿了吧，吃点东西吧，吃完就全好了。"那猫蜷着，偎着，软着耳朵，口中呼噜作声。她继续哀求，它才一舔一舔吃起来。

陶小小服侍黑猫躺下，收拾了食盘，走到外间去。张博仁听见碗盏咣当，微波炉叮一声，便撑起身体等待。少时，有洗碗声。又过一刻，陶小小进屋来，俯身察看她的猫，见伤口已经止血，便轻轻抚摸它。张博仁道："昨天的冷馒头，你一个人吃掉了吗，我吃什么？"

陶小小走到单人床边，掀开床罩，将枕头堆高起来，一手抱着猫，一手拿了电视遥控器，躺靠上去。张博仁道：

“干吗不睬我，哪里得罪你了。”陶小小将电视机开到最响。“喂喂，打算饿死我吗，你等着。”她没有听见。电视节目里的嘉宾，恰好爆起一阵笑，淹没了他的声音。

逾数日，黑猫逃走了。它是趁陶小小去超市时逃走的。张博仁说自己睡着了，啥都不晓得。“怎么可能，门窗都关着。”“你没拴住它啊，猫咪跑来跑去，就跑掉啦。”“这下你高兴了是吧，你巴不得它跑掉是吧。”陶小小抓起不求人，锈斑斑的爪头，往张博仁脸上刮。张博仁喊：“打人不能出血，不能出血。”很快没力气喊。

陶小小套上老棉袄，不及换拖鞋，便摔门出去。她浃了两腋热汗，在回光返照般的初冬日头底下，寻找了整个下午。她走遍街区，将附近楼房上下爬过几遍，把弄底大垃圾桶个个兜底翻，又在草丛、车库、自行车棚里徘徊良久。待到天黑，路灯下聚起几只流浪猫，她喊着“玲玲，玲玲”跑去，猫们一哄而散。她泄了气，膝盖窝一软，坐到路沿上。

夜风空空四击，将她缟白的头发挑拨起来，又钻进领口和裤腿，将湿答答的棉毛衫裤，冰在她皮肤上。她怔怔低了头，见一只时跳时停的塑料袋，嚓嚓刮磨地面，似要揭走她灰长的影子。两个女孩叽喳而来，一个跟另一个耳语了什么。两人噤了声，加快步子经过她，才重新说笑起来。

陶小小扭头瞩视她们，已经看不见了，仍然扭着头。她们估摸二十来岁，跟她女儿一般大。不，张玲已经三十九，虚岁都四十了。不不，张玲还是小女孩呢。陶小小忍耐张博仁一辈子，全是为了这女儿。中年得来的孩子，唯一的孩子。第一次抱她，感觉她比一只猫咪还小，还软。陶小小不舍得她碰冷水干脏活，甚至不舍得教她煮饭、洗衣、套被子。谁能想到呢，她居然翅膀硬了，飞了。她留下的字条，只有三个字，“对不起”。对不起有啥用，这简直要了陶小小的命。她报过警，警察不予立案，“年轻人闹闹脾气，几天就回来了。”陶小小整日在街上游荡，看见高个子姑娘，便要追上认一认，缠着说几句话。她被当成神经病、捡垃圾的、拐卖妇女的，甚至挨过一顿打。养完伤，下了床，她发现自己的脊背，再也挺不直了。

除夕夜，她接到陌生电话：“阿姨，张玲让我帮忙拜个年，她一切都好，不要挂念，也不用找她。她让我汇两万块钱，是孝敬你们的，麻烦留意一下汇款单。”陶小小正欲细问，那厢挂断了。她不甘心，抓着听筒，喂喂不停。张博仁道：“年夜饭都不好好吃。”冲来揍她。胳膊抬到一半，抬不动了。她瞪视他片刻，大了胆子，轻轻一推，他便跌软下去。

生活不停给陶小小吃苦头，一个接一个。她苦了一辈子，全是为别人。到头来没个体谅她的。白眼狼，白眼狼，人也是，猫也是。陶小小的心口上，仿佛被抓刺了一下。她扶着街沿起身。脚掌冻僵了，踩在地上扎痛扎痛。她慢慢往家的方向挪动。

陶小小家在一楼。她轻唤“玲玲，玲玲”，绕楼一周，重回门前，拿钥匙开锁。推门的时刻，她朝屋里嘿一声，等了等，仿佛期待黑猫奔来迎接。没有动静，连张博仁都不应声，“谁呀，老太婆吗，你回来啦。”他甚至不好好待在床上。

他拖着两条长满褥疮的腿，和一块沾染便溺的橡胶垫，爬到了外间。他保持最后的姿势，一手抓着门框，一手抠住地面，手背上有道道血痕。釉面地砖的纹色犹如鸡蛋花，过于阔大的砖缝，嵌满油腻腻的黑垢。这是他半开的眼睛里，定格住的世界。

陶小小记得，好几天没喂他饭。她不想喂，说不上为什么。也许是医生讲的，卧床病人不宜吃多。她踢他一下，闻到鸡蛋腐烂似的味道，空空作了一个呕，抬脚绕过他，进到里屋。

五斗橱、大衣柜、单人床、塑料椅、移动边桌。昏昧的吊灯光里，家具们挤挤挨挨，一副怕冷的样子。旧报纸、铁皮罐、月饼盒、过期月历、儿童玩具、废弃包装袋、成沓中学教材、用完芯油的圆珠笔、破了洞的平底跑鞋、发不出声的半导体收音机、准备剪成抹布的旧汗衫……房间堆得滗滗满满，犹如一片记忆的荒场。在最里端，三堵墙壁之间，便是张博仁的折叠床，床边是藤篮子做的猫窝，斜斜翻倒下来。陶小小走去将它扶正。

她看见折叠床上的棉被，又薄又黑，隆起一块，仿佛卧床者还躺在那底下。她揭开被子，看见了她的猫。它的毛色失去光泽，显得比任何时候都黑。肚皮朝天，四肢抻长，脚爪子犹如尖刺，从爪鞘里根根刺出。它的脖颈上有圈红色塑料绳，深深勒入皮肉。两只眼窝凹陷下去，里头已没有眼珠。一根沾了血的不锈钢不求人，横在黑猫的尸体旁边。

写于2017年2月10日星期五

杨金泉之死

杨金泉死去多日，才被发现。

不是没有气味。但他家常年有气味。霉味、尘味、尿臊味、隔夜饭味、鸡屎的氨气味。七八平的亭子间，闻着像一汪化粪池。后厢房的沪生阿舅察觉异样，“这几天臭得不一样。”

杨金泉生前，用七根链条反锁了门。处警民警锯撬不得，卸下门板。那块杉木板，朽得黑斑斑的，边角变了形。一挪，扑起灰来。门内晦且湿。一张霉到发脆的正面双耳毛泽东像，被仅剩的图钉斜挂住，随了民警脚步，在墙上轻微摆晃。一方出了油的松木桌。一只五斗橱，缺了两个抽屉。橱顶摆着饭焐子和藤篮子。篮内五六只馒头，硬邦邦长了毛。

遍地废报纸、广告单、秃扫帚、碎木板、月饼盒头、铁皮饼干听……一只倒扣的塑料盆，犹豫着，一松。杂物滑坡般泻下。一方上悬窗显出来。窗玻璃糊得看不清对过屋山头了。

正对窗户的墙壁前，抵了一张棕绷床。棕绳断去泰半，床肚几欲塌到地上。杨金泉不足一米六的尸体，裹了绿军装，洼在床里头。一条脏至颜色莫辨的涤纶被套覆住他。上头散着草纸团和塑料肠衣碎片。一副假牙，金属卡环锈黑了。一个密胺水杯，水里沉有鸡屎，馊得发了绿。床下一只搪瓷剥落的痰盂罐，没有盖子。尿液干在罐底。床边蓦然一动。一只裹了灯芯绒小衫的鸡，飞上窗槛，噎气似的叫唤。

那是只“九斤黄”，壮得像火鸡。挺了胸脯小跑时，带起一股风来。杨金泉曾反复修剪它的翎羽。此刻，铁锈红的翅尖又密了，扑棱棱的。“那鸡不得了，”候在门口的沪生阿舅，后来对人讲，“眼睛煞红，跟妖怪一样。把杨金泉面孔都啄空了。”听者弗信，“肯定老鼠啃的，亭子间一直闹老鼠。”说是这么说，没人敢动那鸡，仿佛它当真吃过人肉。

鸡有自己的名字，阿毛。杨金泉的鸡，都叫阿毛。先后数不清几只。柴鸡、芦花鸡、三黄鸡。他把它们当同一只养，似也真信它们是同一只。

他侍弄起鸡崽子来，仿佛侍弄小毛头。自来水烧开，放凉。小米煮得不软不硬。唯恐它吃撑，一待嗉囊发鼓，便挪开饭碗。又时时察看鸡粪便，怕它得鸡白痢。还从废品站拾了一盏铁皮台灯，终日开着，为它取暖。

及至鸡崽子出了硬毛，便与它同一杯喝水，同一碗吃饭。怕它口味不惯，菜里不放油。渐而羽毛齐全，嘴巴脚爪尖出来。每日一道轧马路。他不换手地抱它一路。它刚吃的早饭，化作一脬脬湿粪，随走随淋。“哦哟，小讨债鬼，调皮捣蛋。”他掸掸衣襟，不在意。

踱至公园，放鸡入草坪。命道：“走，来。”它依言走开，回来。他睃了两只斜白眼，见无人围观，便索然了，挥挥手道：“阿毛，玩去吧。”那鸡肆意扒地，直将草皮扒得跟长了藓似的。他口中嗯呐作声，逗弄婴儿一般。双臂笼着它，替它防备周遭活物。麻雀、小蛇、野猫和人，都怕他的鸡。他仍担心它受欺。他曾踢飞一只三月大的萨摩耶。那笑眯眯的小白狗，不过嗅了嗅鸡扒过的地。他赔了狗主人五十块钱。

杨金泉的鸡，有瘟死的，有老死的。多半老死的。老了的鸡，爪心黄茧逐年厚密。冠子红到发黑，皱缩起来。喙尖也钝了，啄人不疼了。常跟老人似的，孵在太阳头里，脑袋一垂一垂。倏就斜扑在地，再无动静。

杨金泉给死鸡烧锡箔，念往生咒。头七里不吃，不喝，不出门。过后出来，换一身军装，挎一只藤篮。杨金泉的军装，是压箱底的，逢年过节才穿。不是自家染制的冒牌货。是真正的军装，两只口袋的。帆布武装带往腰里一扎，身形窄窄细。入暮，窄身影踅回来。篮里多一只绒球样的鸡崽。“阿毛回来了。”他逮人便讲。

有说杨金泉结过婚，老婆跟人跑了。有说他从未讨过老婆。有说他当过兵。有说他是劳改犯。还有说他早年做资本家，藏了许多“小黄鱼”，还假装无产阶级。这讲法最好笑。灶披间老沈却咬定是真的，“你们想，他一没工作，二没子女，吃用开销哪里来。他还给鸡吃牛里脊。牛里脊暧，家子婆都舍不得买给我吃。啥人敢说杨金泉没老本。”

说过便罢。无人当真晓得，杨金泉做过啥，叫什么，年龄几何。当年他搬来亭子间，像个走亲戚的，只拎了一网兜破烂。“一套军装、一双解放鞋、一只搪瓷面盆、一块‘四一四’毛巾，又揩面，又汰脚。”“穿的用的，都是十几年前的物什。”“像是凭空落下来个人，没亲没眷的。”

那时的杨金泉，据说跟现在一般老相。佝了背，塌了肩胛。小得过分的脑袋，顶心秃了，晒成焦黄，镶起些许残发。遥遥望去，仿佛一颗撒过糖霜的炸丸子。

他跟鸡讲话，炸丸子脑袋前后摇晃。“阿毛，再欢喜火腿肠，也不能盯牢了吃。青菜叶子也要吃吃。”“阿毛，电视里讲，冷空气要来。过两天给你穿新衣裳。我拿灯芯绒裤子改的，老暖热的。”“阿毛，天气忒干。你是欢喜，我是苦煞。夜里厢困觉，鼻头洞出血，身上一块块落皮屑。”鸡似听懂了，脖颈一伸一缩，咕咕应声。

杨金泉也跟小囡讲话。他唤他们“阿毛”。放鸡去啄他们，再拿小零食慰藉他们。他喜欢他们。越喜欢，越作怪。他就是那种人。

我在他手里，吃过山楂片、粢饭团、万年青饼干，和蒸僵了的枣糕。“阿毛，来，阿毛。”我以为他招呼身后什么人。回回头，意识到，他斜白了的眼睛，是在铆住我。他掐了我的后颈，拖将过去，塞一块枣糕，“听讲你姆妈昨日打你。调皮捣蛋了是吧？”摸摸我的脑勺。我咬一口糕，用枣核吐他。“噢哟，小讨债鬼。”他假意生气，揸了两只手，宛如赶逐小鸡回窝。我咯咯笑，又掏出玻璃弹珠扔他。

每个吃他零食的，都拿石头、弹弓、水枪、火柴枪回报他。大人们不阻拦，甚或说：“活该，打得好。”他们烦他。他把他的鸡宠成了小阿飞。到处拉屎，天不亮就叫，还将人养在晒台的芍药，啄个精当光。人与他理论，他道：“哪只眼睛见是我家阿毛。它不会讲话，你们就冤枉它。”

邻里索性将他一道冤枉。谁家碎了煤饼，丢了衣裳，走了猫狗，就说：“肯定杨金泉干的。”吵起架来，互骂：“你跟杨金泉一样惹气。”“呸，你才杨金泉，你们全家杨金泉。”还拿他吓唬孩子：“再不听话，把你送给杨金泉。”

三年前，杨金泉中了风。愈后不久，摔下楼梯，断一条腿。挨至年底，又得了来历不明的病。整日介头痛、眼眶痛。眼睑肿得睁不开。有说那是个盲年，有说那或是他本命年。他耳鸣、眼花。漏尿、漏口水。走路瘸瘸拐拐。大腿间的皮肉往来蹭碰，嚓嚓有声。

他愈发不出门。同鸡待在床上。任凭那鸡抓他脸，啄他手，在他身上吃喝拉撒。他睡着的样子仿佛死去。面皮跟洗垮了的抹布似的，从两侧挂下，将五官拖拉变形。他醒转的样子，也如死而复活。手指节一动，再一动。眼珠泡在眵目糊里，别过来，别过去。呻吟一声，四肢咔啦响。

逢到日头好，他会起床，搬只杌子，坐去弄堂口。坐着坐着，顾自胡语。“阿毛，勿要吃手指头。”“阿毛，帮阿爸去老虎灶泡瓶开水，热水瓶把把牢。”“阿毛，乖乖听毛主席的话，我们觉悟高。”“阿毛，阿爸这辈子最不放心你。”

一次，呼我，“阿毛，过来，吃大白兔奶糖。”仿佛我仍是当年的小学生。我绕远了。他眉骨一抖，面孔埋入手掌，上上下下地搓。显得过大的双手，犹如刨土豆一般，刨着他的脑袋。我停了步，瞩视他。他的九斤黄，在梧桐树根下翻啄。忽如洞悉了我的心思，跳上水门汀地，抻直脑袋。我甩了甩公文包。它奓起颈毛，朝我弹射而来。

人人都说，这鸡忠心。会得跟狗一样，向外人叫唤。还啄了蚯蚓、鼻涕虫、落地的死知了，送在杨金泉脚前。“好吃好喝养大，还是有用场的。”“有啥用场？又不会端屎端尿，汏衣烧饭。”“没办法，只怪杨金泉没子女。”

这话不对。杨金泉有子女，且有八个。他用一手赵体小楷字，将他们的姓名地址记在台历纸背面。又添一句：“我快死了，来看我。”这行是钢笔尖反着写的，笔画细弱，越写越小。最末两个字，几欲写到纸页外头去。

台历纸正面印有牡丹，跟染了色的卷心菜似的。配上汪国真诗句，“是否 / 你已把我遗忘 / 不然为何 / 杳无音信……”日期为1991年9月。那是二十七年前，夏杪。杨金泉早早预感到死亡。撕下一张台历，拿出一支蓝黑墨水钢笔。“我快死了，来看我。”他想象了怎样的临终场景，又巴望谁来传话呢。

年前，杨金泉喘得凶。或劝他看医生。他道：“自己身体，自己有数。”熬一阵，去了医院。诊断为哮喘和慢性气管炎，让住院输液。他输完一瓶，闹将起来，骂医生坑人。一步一挪回了家。途中为鸡儿子买十来根火腿肠。拎了塑料袋，爬上梯子，锁住房门。有人猜测，他那时已知大限，故而穿上正式衣服。也有说，他只是嫌鄙医院脏，回来换身干净的罢了。

正式而干净的军装，纽扣上有八一军徽图案。风纪扣扣住了，立翻领收得服帖。袖子和裤脚管，一只只放下，捋平。武装带系得半松不紧。装束罢，杨金泉躺到床上去。直躺得遍体出蛆，面孔被啃噬。

警察皱着眉，拨转那张糊烂了的脸。枕边物什显出来。硬币、纽扣、票据、户口簿、黑白证件照片，尽皆浸在尸液里。背面写字的台历纸，被折成小方块，压在最底下。

八个子女，一在黑龙江，一在多伦多。其余皆住本市。听讲后来是大儿子出面，签了尸检报告，领了死亡通知书。经鉴定，他们的父亲过世月余。因了天冷物燥，臭得不厉害。没有外伤，屋内没有人为翻动痕迹。并非死于他杀。家人认为无须解剖。火化了事。

整理遗物时，来了三个人。两男一女，排成一列。怕吵着别人似的，缩了步子，靠住墙边，静悄悄走。远近皆来观看。趴在晒台上，站在门洞前，随在他们身后。

“杨金泉家子女啊？”不用问。三人都长得小头小脑。两个男的秃了。秃的方式，也跟杨金泉一样。顶上光着，耳际稀拉拉剩半圈，好似镶了流苏边。秃脑袋旋来转去，留意门牌号。走一段，左转，再左转，折回，往右，再折回。弄堂错综如迷宫，楼贴着楼，影叠了影，晾衣竿根根交错，间或仅容侧身通行。沿途的帆布雨篷，抖了他们一脖颈水。邻里也不指路，饶有兴致看他们乱转。

杨金泉生前住在第三支弄左手倒数第二幢。传言又起，说他早年是做当铺的，“文革”后精神出问题。他那一屋破烂里，着实藏了宝贝。人人听了嗤笑，却也半信不疑。

杨金泉家的门板，被民警撬下后，再没装回去。我晓得有人进过屋。老沈、沪生阿舅、客堂间四眼，或还有三层阁宁波阿婆。不知是谁，拿了只狗笼子，将那据说吃人肉的九斤黄罩住。怕它饿死，塞了几根火腿肠。

俄而风闻，老沈在亭子间翻到金条。老沈否认再三，最后道：“一大包物什，就掼在门口头。我看到了随手一拾。油纸、报纸、草纸，裹了交关多层。摸起来硬邦邦，一条条的。打开来看，晓得是啥吧——”他顿一顿，嘬起嘴，似往热汤上吹气，“是几十根鸡骨头。”

众人哗然。“难道老早那些鸡，都被他吃了。”“不是当儿子养嘛，哪能吃得落。”“也没见他埋过死鸡，原来埋到肚皮里去了。”“好像半夜闻到过香味道。或是拿了煤油炉，在房间里偷偷叫炖了吃。”“老死的鸡，哪里咬得动。”“有几只还是瘟死的。”“真是心肠硬。怪不得生出来的子女，也个个心肠硬。”

心肠硬的子女，没有哭，也不佩黑纱。他们兜了半半六十日，寻到门牌号。爬上半脚宽的木梯，朝亭子间张一张，又退回楼门口。嘁测一晌。最年长的一个，掏出电话，约起搬家公司来。

看热闹的越聚越多，前后拱作一堆。有人大声道：“老头一个人生活，最不容易了。”三个子女恍若不闻，各自看手机。众人纷纷介附和：“老了全靠子女照顾，邻居帮不到啥的。”“邻居跟了倒血霉。他痰盂罐端不稳，大小便泼在楼梯上。我们也拿他没办法。”“对啊，只好算了。都以为他没有子女呢。”

两个男的压低脑袋，指头在手机屏上唰唰翻动。女的终究忍不得。耳郭都红了，腮帮肉一抖，“我们只是孙子孙女，从没见过这个阿爷。过来料理后事，也是对得起他。孙子孙女二十几个呢，统统不肯来。”

邻里愈发起劲了，“二十几个啊，真有福气。”“费用是大家分摊吧。”“你们出力，该让他们出钱。”“你们爸妈呢，哪能不来。”“做啥许多年不联系。”

三人彼此耳语。女的对围观者说：“我们去看看，搬家公司来了没。”他们复又排成一列，挨了墙边走。众人跟住道：“你们还来吗？不会丢下不管吧。”“死人烂在楼里，已经够晦气了。”“房间要消消毒，好多虫。”径直跟到弄口，眼见他们钻入出租车。女的隔窗挥手，“放心，搬家公司马上来。我们吃点物什去。”

小半日后，来了三个民工，乒乒乓乓收拾。拆桌子，劈床板，卸五斗橱。碎的，整的，有用的，没用的，统统扎进蛇皮袋。一袋袋扔下窗去。板车拖到路边，小货车径直拉去废品站。

亭子间仅剩那只鸡了。它扑跳不宁。啄羽毛，啄小衫，啄笼子，铿铿不绝。还发出怪笑似的嘎嘎声。一个民工连笼带鸡，踢进角落，罩上一块毛巾。

最后是居委会吴阿姨带走了它。那满头刨花小卷的胖女人，跟杨金泉有宿怨。曾数次登门，告知居民楼内不得养鸡。杨金泉抄了杀鱼剪刀，横在门前。她宣读几句《城市市容和环境卫生管理条例》，匆匆败走。事后对人说："我是发扬人道主义精神，人性化执法。跟个没亲没眷、断子绝孙的神经病计较啥。"

这日，她横下门板，搦一把桑刀守着。老张抻起尼龙网兜，打开笼子。九斤黄甩着满屁股屎，一折，一冲，溜出网兜，四下腾挪。老张追着团团转，腰肌劳损都发作了。吴阿姨跌足骂鸡，骂杨金泉，骂老张。老张使了假动作，将鸡逼入角落，捽住它脖颈。它一翅膀扇飞他的眼镜，往他眼窝里啄。老张捂脸，哎哟跌在地。吴阿姨呵道："杀了你。"一刀掼去，居然中了。

鸡脑袋顺了刀势，冲折而下，被一丝皮肉挂住。鸡身照旧奔跑。断了的颈脖子，跟破裂的消防栓似的，喷涌不已。墙壁、地面、天花板，尽皆血淋淋。吴阿姨连声干呕，老张贴墙不动。眼见那鸡洒尽腥热的血，傲立一晌，直挺挺栽下去。

良久，那对夫妻出来，满头满脸的血。老张掂一掂断头鸡，“乖乖，起码十二三斤。”吴阿姨拿出毛巾手帕，擦拭刀刃，“回去衣裳难汰了。”众人不吱声。吴阿姨抖了两爿嘴，还想说什么，终究没说。提着死鸡，拎着刀，走了。

写于2018年7月16日星期一

迎风哭泣

我是在急诊内科看见他们的。

回想那里的日夜，我鼻腔滚起汗液、尿溺、消毒水、方便面的混合气味，还有一种过期冻肉融化了似的气味。我途经输液室和留观室，侧身挤过摆满临时病床的走廊，踮着脚避开面盆、尿壶、草纸、脏衣、行李箱、废弃的成人纸尿裤，便看见那扇磨砂玻璃门。我推门，走进去。

急诊内科十一张床铺。最靠里的六张，是“老慢衰”滞留病人，被家属抛弃在此，没钱，没证件。第七床的老冯，得急性脑梗而来，待了大半年。他的护工告诉我，冯家两个儿子算过账，药费病床费三千多，保险费与护工费相抵，远比养老院便宜。

我的母亲在第八床。五天前，她吐血便血，被送来做全套检查。胃里破了个洞。她不肯手术，“检查浪费四万多，再要花钞票，让我死死掉拉倒。”我依了她，让她止血、输血、打营养针。

老冯的护工，是一对一“特护”。日薪照行情是一百，冯家给了一百二。她反倒不满，“冯家忒精怪，多给只零头，以为优待我。也不想想，市面上都是外地人，粗手粗脚，哪有李阿姨我服侍得贴肉。再讲了，人家都给护工租床的，为啥不给我租床。李阿姨我情愿要张床。天天睡躺椅，腰也断脱了。”她自称“李阿姨”，除了玩手机，便是说东家。冯家大儿子做老板，在联洋养了个女大学生。跟自家阿弟关系不好。两个媳妇打相打，衣裳扯碎了，奶都露出来。

趁她出去小便，母亲捽了我手，悄声道：“我不要黄毛娘姨。”她把在医院门口纠缠病人的野路子护工，统称为“黄毛娘姨”。她们多将头发染枯卷碎，像有人统一规定她们发型似的。李阿姨最时髦，黄发底下，卧两道文青了的细眉。她的两截头睡衣裤，面料缀有红黄小碎花，腰腹裹得一轮轮的。那小碎花的一轮轮的身影，复又踅进门来。我乜斜一眼，附耳对母亲说："好，我们不要黄毛娘姨。"

唯有受医生责问时，李阿姨才显露对东家的忠诚。她那带了本地口音的大嗓门，在房间里咣啷啷震荡，"急诊室费用忒贵，啥人没事体待在这里。冯家觉得脑梗容易复发，不要进出折腾，也是替你们医院着想，"被逼急了，说，"李阿姨我也寻不着冯家人，他们把工资直接转我卡里的，"又说，"讲句公道闲话，冯家是给医院交钞票的，边上不交钞票的老头老太，医院哪能不管。"

每日亭午，护士长过来，逐床翻拨"不交钞票的老头老太"。他们个个还活着。她似乎失望了，白板一样的面孔，因臼齿紧咬而显得更为宽阔。她为他们准备午饭。几撮肉松，一碗淡粥。想到吃粥以后，他们会此起彼伏打铃，索人垫便盆、擦屁股，她便眉心微拱，鼻孔喷出气来。

那个不知姓名的年轻人，是午餐时分来的。一病房的劣质豆油味，夹杂剩饭重温的馊热。怏怏不动的老人们略有活络。李阿姨先听见响动。她暂停剥食橘子，小眼睛往斜兜里一睃，继而缓慢地、坚定地，又送一瓣入口。护士长也听见了，捏调羹的手往回抽，拱了两只肩胛，朝门口扭过脖颈。

我放下方便面，微欠起身，见一张推床被看客拥进来。床上仰了个残衣破裤的男孩。床后随了个脸色跟瓦楞纸似的女孩，一手扒住床沿，一手缩在袖口里。那袖子一径颤抖。

护士将床推靠停当。女孩那只缩着的手，倏然探出来，钳住她。护士道："医生跟你讲过几遍了，没办法的。邹医生是我们这里的顶级医生。还好拖不了很久，你守着吧。"她甩甩胳膊，没能甩脱女孩。

母亲道："小伙子喘成啥样啦，有出气，没进气，听得人难过煞。医生给个办法，让他死得舒服点。"女孩听到"死"字，喉咙里一哽。护士乜斜了眼道："办法？你替他付钱，就有办法。"母亲鼓了嘴，鼻孔嗤气。护士掰掉女孩的手，轰开看热闹的，走了。

我挪回屁股，重新端起方便面。辣汤上的浮油、肉红的火腿肠、食品防腐剂的安息香味道，忽都让我恶心。一个男孩正在面前死去，我居然还要进食。满耳都是他哗啦啦的呼吸声，像在从真空袋子里抽气，抽得喉节翻滚，胸腔瘪瘪起伏。他四肢不能自控地拨划，仿佛一只企图正过身来的甲虫。推床被震得挪移，轮子嗒嗒斯磨地面。

护士说他不会拖很久，是指十分钟、半小时，还是一天两天？他得的什么怪毛病？神经毛病、血液毛病，还是鬼附身。世间百万种古怪毛病，千万种古怪死法，不到最后时刻，不晓得摊上哪种。我感觉有一根刺，挑弄我心头长不熟的脓疮。我想起中风猝死的父亲，自己的胆囊管结石，母亲吐在水槽的鲜血。还有一些念头，宛如阴影投入浊水。也许该让母亲做手术的，也许。

护士长收拾了物什，出门，又折回来，将方木凳子踢到女孩身后，在她肩头摁一把。女孩膝盖咔啦响，整个人直僵僵坠在椅子上。

李阿姨将橘子皮扔进脚边面盆，问老冯："喝不喝水，不喝就算了。"给自己倒一杯，咕嘟嘟喝。老冯脑袋在低洼的枕头里辗转，眼睛睃视新来的年轻人，嘴巴用力咂动。嘴角两点唾沫星子，一潽一潽。李阿姨放下空水杯，在被套上擦擦手，顺势掐他一把，"做啥，嫉恨别人死得痛快是吧。真叫你自己去死，你又不肯了。"老冯道："大宝小宝啥辰光来看我？"从被沿探出手，被李阿姨一掌打回去，"老头子有啥好看的，面孔长花吗。"老冯不动了。屋内煞静。

男孩喘得青筋条条爆起。他拧着脖子，仿佛拧一管生锈的水龙头。女孩朝他俯过去。他举手。那手不受控制地颤动。他浑身猛一抽，稳住那手，往前探，触到她下巴。一触之下，复又发作。女孩胸腔里炸起一声哭，眼窝却是干的。

我胸口堵了痰，头脑嗡嗡然，仿佛有苍蝇飞。我跟母亲说，出去吃碗面。拎了公文包，小跑出医院，过四五条马路，拐进一家小餐馆。我要了两碗面，一碗盖浇的，一碗光的。又要了特加饭老酒，燃一支烟。

店门上的塑料帘条，被油烟熏黄了，覆一层黏腻。阳光逮着缝隙，一条条扎在地砖上。我回想那个男孩。他张嘴喘气的样子，牙齿内缩，颊颐凹陷，酷似一个老人。膝关节也像老人那样凸大起来。肋旁骨一根根的。

他身形尚未长宽，估摸是我儿子的同龄人。我闷了口酒，拿出手机，翻到儿子姓名，瞩视良久，将手机推回桌上。五年前，儿子随了前妻去美国。此刻，他的世界还是黑夜。我想象黑夜中的他，摇摇摆摆走进客厅，把尿撒在烟灰缸里。那时他五岁。又想象他躲在厕所，窸窣不绝。我撞进去，开灯的刹那，看见他没毛的阴茎，揉成团的短裤，和一卷备用草纸。那时他十四岁。“爸，求你别跟姆妈讲。”那是父子最亲近的时刻，我们拥有属于彼此的秘密。很快，那女人离开我，再不让我见儿子。狠心的女人，遭天谴的女人。

我抽光半包烟，喝掉两瓶酒，食尽冷了的面条。想再消磨片刻，到底记挂母亲。我拗断一次性筷子，慢吞吞起身，结账，往医院走。溺死男孩的面孔，渐与我儿子的重叠。面条在胃里膨胀，沉坠，拖着我的步子。酒精一冲一冲，冲开后脑勺，让整个头颅轻且空。我牙缝里的烟蒜气味，比医院的气味香甜一百倍。他们洒起消毒水来，跟不要钱似的。

我停在过道，抽抽鼻子，走进急诊内科。还好，男孩已停止挣扎。一块白布及时遮盖了他。一只扁阔的脚钻出来，脚底泥黑，大趾朝天跷起，甲缝是灰色的。我去将白布一扯。脚看不见了，头发显出来。那是年轻人的头发，直楞楞，密匝匝，仿佛还在蓄势生长。

他的小女友脸面倒大，两坨腮帮子肉，愁苦地往下坠。肩膀则向前倾耸，像是准备起身，屁股却被凳面粘住了。

“待着做啥呢，”我尽量柔缓语气，“该办的事办起来。”

女孩背脊骨一颤，又一颤，“我没钱，”她声色嗄哑，显然哭号过了，“推床是问黄牛租的，三百五十块钱，押金五百块。我都快下跪磕头了，才拿的折扣价。医院那边还没付钱呢，”她越说越快，似在向老师交代没写作业的原因，“他身上衣服还是新的，买了半年不到，医生就剪掉，说要插管子。我稀里糊涂同意的。医生说啥是啥，说没救了，我也没办法。肯定是看我们没钱，不肯救了。肯定是的。”

我坐回母亲床边，察看吊瓶。

“叔叔，我该怎么办？”

我不言语。

“我还是个孩子啊，怎么办？”她盯住男友尸体，俄顷，脱下外套，盖住他的头发。她看我，我扭开头。她便看住李阿姨，解释道：“我有点害怕。”李阿姨神情不动，青眉毛稍稍一挑。

女孩的棉外套，是洗旧了的玫红色，打着皱，叠着缟白的遮尸布，仿佛底下只是个蒙头睡觉的人。她半哭不哭的，哼唧起来。

哼一晌，李阿姨问："大人呢？"

"他是湖南的，我没他父母联系方式。阿姨，怎么办？"

"找人借个钱，帮个手。朋友啊，同事啊，老乡啊，总归有的。"

"对对，找帮手，找帮手，"女孩掏出手机，一抓不稳，从地上捡起来，衣衽边蹭蹭，又问，"找同事好，还是老乡好？"

"随你。"

女孩来回翻寻，打通一个号码，"喂喂，张小姐吗？我是芳芳啊……芳芳，就是租你房子那个……"

李阿姨挥手，示意她出去打。女孩边说边出去。

李阿姨道："现在的小囡，娇生惯养。李阿姨我十二岁上死了阿哥，跟了姆妈两个埋掉他。十四岁上，姆妈也死了，我一个人埋掉她。靠啥人呀，啥人都不靠。这些年做护工，死人看了一个个。什么子女啊，亲戚啊，都是假的。等李阿姨我翘辫子了，随便哪能。掼到马路上，撒到黄浦江里，随便哪能。”她语气平淡，像在议论别家事。老冯在被底扭了几扭。她掖了被子，朝他颈窝里狠狠一掖，继而搓着手，沉默了。

女孩的哑嗓子穿透走廊人声，刺进我耳朵。她在带着哭腔，解释男友的死亡。我咳一声，挟了公文包，跟母亲说，要出去买包烟，“吊针快完的辰光，你自己叫护士。已经快完了，看牢一点。”

“屁股没坐热，又朝外头跑，”母亲唤住我，“最近跟强强打过电话吗。”

“啊呀烦死了，强强很好。”

母亲嚅着嘴，还想说。我快步出去。过便利店，买一包烟。又过一家，再买一包。我回到小餐馆，要了特价饭。喝到第四杯上，感觉心脏在喉管里跳动，杯子摇晃，继而整张桌面晃起来。我伸出酒水滴答的指头，到公文包里夹香烟。烟壳空瘪了。我站起身，直着腿，复往医院去。

女孩仍在门口打电话。一脸的讨好，就跟电话那头看得见她似的。我绕过她，进屋去。男孩已被推走。我舒了一口气。

母亲蹙眉道："嘴巴臭煞。你老早子烟酒不碰的，现在越来越不像话。高血压，脂肪肝，胆囊不好，颈椎也有问题，要是到我这个年纪，你可哪能办。"我响亮回复："闲话忒多，能不能静一静。"母亲别过脸去。

少刻，女孩进门了，汇报道："有个老乡同意过来。"无人应声。她坐下，佝起背，手肘架在腿面，十指往前抓，仿佛抓向莫须有的推床。她的眼窝似两洼旱地，眼黑蒙了一层枯灰。

"我太倒霉了，太倒霉了，"她慢吞吞说起来，"本来打算结婚的。他说要给我买大房子，拼了命赚钱，早上五点半出门，半夜十二点多回来。很多快递员做不过一年的，他做了三年。他身体一直很好。早知这样，不如回老家去，老家有房子的……"

李阿姨打断道："你那老乡呢，啥辰光来？"

女孩一怔，"他说马上来，应该快了。"

"讲是这么讲，这种事体，要盯盯牢的。"

女孩犹豫着，走出门，很快抓了电话回来，"他关机了，关机了，怎么能这样，我们是老乡啊。"浑身觳觫，声音走调了。

“看吧，我就晓得。”李阿姨黄毛脑袋一颤，为自己的料事如神而得意。

“别哭，”我向女孩戳起指头，似要隔空定住她，“还不到哭的时候。”

女孩抖得更厉害了，食指没法准确落在键上。乱按几下，到底哭出来，“手机没电了。”她仍然没有眼泪。哭声毛糙糙的，磨着我的耳朵。“事情怎么弄呢，”她边哭，边咳，边说，“我自己弄，不要别人帮忙，你们告诉我，我自己弄。”

李阿姨道：“先把抢救费用交了，否则医院不给开死亡证明的。”

“我觉得医院故意的，又检查又打针，折腾掉好多钱，才跟我说治不好。”

“你自己要送进来。进了医院，就是任宰。医生都是穷煞鬼投胎。当然啦，除非你比医院狠得出，”李阿姨努努嘴，“对床那只老太婆，女儿是安徽过来打工的，把老娘往急诊室一掼，跑了。上海滩这么大，哪里寻人去。医院又不好把活人直接拖到太平间，只好帮她养起来。”

女孩用心听着。继而，用心的神情消失了。好像她已无力控制面部肌肉，又仿佛有什么东西，在她身体里冷却。酒精也在我身体里冷却。四肢绵软，头脑清晰，无数念头窜动。我打出一串结实的嗝。女孩转视我。我听见自己大声说："我给你钱。"语罢，浑身一刺楞。

母亲说："做啥，老酒吃饱，昏头昏脑。"我俯下脸，颈椎咔啦响。我瞩视自己的手。它们两面熟红，宛如一对煮透又放凉了的螃蟹。我轮番动动指头，不知这双手为何摆在白床单上，自己又为何坐在这间闷臭的房子里。

女孩像只贴墙滑走的老鼠，滑过来，站定。她足有一米七高。洗得松垮的T恤领口，拖出一线乳沟来，仿佛一道深渊。"叔叔，你说话当真哦。"她的细眼睛仿佛一对钩子。我被钩了一眼，顿觉良心有亏，赶忙避开她的目光，去翻床边柜。翻到手机充电器，举起来问："要吗。"

母亲说："他醉了，乱话三千。"

女孩说："大家好狠心呀，全都不肯帮我。房东不帮就算了，还催我交房租，说要扣我身份证。我连买瓶水的钱都没了。也好，不吃不喝，一了百了。"

"哦，对不起，对不起。"我感觉是自己在催逼房租，继而感觉欠了她巨款。我把裤兜里的纸币硬币一并抓出来，又到公文包里摸索银行卡。“别急，我卡里还有很多钱。”

“你吃醉了，快点醒醒，在做啥呢。”母亲伸手阻止，输液管乱晃。

女孩迅速接过钱，塞进口袋，压了一压，“谢谢叔叔。”她浅鞠一躬。白T恤荡下来，淹没了我。我奋力向前，追逐一潮一潮退却的酒意。“你没钱吃东西呀，”我听见自己说，“我陪你吃点，然后咱们想办法把事体处理掉。”

李阿姨哼嗤一笑，“活雷锋啊，李阿姨我这辈子没碰着过。”

母亲道：“我儿子醉了，他平时不这样的。”

“他怎样啦，我又没说他怎样。”

母亲语塞，扭头对我道：“你看看我，胃里厢破了只洞，连手术都不做。医生反复劝我，说一定要做的。我还不是为了你，想到你以后日脚长，帮你省一点是一点。你倒好，对陌生人这么大方。”

“我就想做点好事。你看那男小囡，可怜吧啦的，跟强强差不多年纪，就一脚去了。”

“乡下小瘪三，能跟强强比吗。做啥拿死人跟我们强强比。呸呸呸，你给我把晦气呸掉。”

我朝地上呸三声。

“真正气煞我。平时酱蛋都舍不得吃。我要吃酱蛋，现在就吃，马上就吃。”

“别吃，你胃里有个洞。”

“看吧，我的亲生儿子，养得恁长恁大，两块洋钿的酱蛋都不给我吃。”

我忙拿了只酱蛋，“你吃你吃，没人不让你吃。”

“一只不够，我要两只。”

我将柜子里的酱蛋、酱鸡爪、火腿肠，统统堆拢到床上。一小袋一小袋的，沿了她的身形起伏，乱纷纷往下滑。

她翘起脑袋，审视它们，仿佛认不得它们，蓦然哽咽了，“做啥不肯好好过日脚，变成了一只酒水糊涂。在外头惹事体，不要以为我不晓得。就不能多想想我吗？我是没办法，就你这么个独养儿子，不靠你，靠啥人去呀？”

李阿姨道：“大家互相体谅。你儿子是最辛苦的年纪，上有老下有小。为了省两只护工铜钿，天天围绕你，笃笃转，头头转。要是人人像他那么孝顺，我们这行当没饭吃了。你就随便他去，吃吃老酒，寻寻开心，搞点花头精。做人一定要想得穿，否则活着有啥意思。”

“李阿姨，你是不晓得，他吃酒吃得忒猛，性命也要吃掉了。”

我默默的，不知母亲为何吵闹。忽听女孩喊“叔叔”，讶然抬头，见她已站在门外，朝我翻撩手掌。我拎了公文包，追逐她而去。母亲“喂喂”不迭。那声音顷刻够不上我。

出了医院，太阳已落山。门口的号贩子、床贩子、野路子护工、出租车司机，散去泰半。秋风冷硬起来，窸里窣落，往裤管和袖口里去。公文包一步一打腿，前后乱晃。一辆助动车擦身而过。马达轰轰中，夹杂骑车人的咒骂，“畜生，走路不看路，寻死去吗。”

我嘀嘀咕咕回骂，略微清醒了，便要努力忆想，母亲怎会无端端训起我来。忽念到那该死的黄毛娘姨，一脸洞悉奥秘似的幸灾乐祸，“活雷锋啊，李阿姨我这辈子没碰着过。”这话啥意思，助人为乐还犯法啦。我就是心地纯洁的活雷锋。她想歪到哪里去。

我对女孩道：“刚才隔壁床做护工的李阿姨，都快六十了，人老心不老，在医院里轧了个姘头。一只稀毛瘌痢的老头子，成天价趴在门口，一张一张。她出去跟他讲闲话，要讲半半六十日。说是她表哥，啥人相信。还说出去打饭，跟了老姘头一道，打到吃第二顿饭了，都不回来。有一趟，老冯从床上翻落下来，腿上老大一块乌青，也没人管。”女孩木着脸，似听非听。她的额前碎发、玫红外套边角，都在随风刮剌剌颤动。我扭回头来，直视前方。“黄毛娘姨轧姘头，呸呸呸。”愤怒消退了，我暗觉扳回一局。

我把女孩带到小餐馆，问吃饭还是吃面。她要了麻辣豆腐盖浇饭。我要了酒。她筷子夹低着，将饭菜拨到盘沿，堆作一堆，跟兔子似的，小口小口吃。

我掐掉烟头，重新抽出一支，“听你口音，川妹子吧。”

她停了筷，点点头。

“川妹子皮肤好。”

她不吱声。

“怎么称呼？”

“嗯？”

“你叫啥名字？”

“雅雅。”

“丫丫——有意思。丫头的丫？”

“文雅的雅。”

“哦，很有意思，”我顿了顿，“冷吗？现在早晚温差大。”

“不冷。”

我讪讪起来，“吃吧，不说了。”

“没关系。”她眼见我点上烟，喷一口白雾，这才重新埋头吃起来。

我就着烟雾，眯起眼睛，感觉她脑门奇大。婴儿才有那样的大脑门。还有窄薄的眼皮，被饭菜顶鼓了的腮帮，都使她比第一眼时年轻。她那件色彩香气的外套，被拉严起来。拉链头不断擦碰下巴。

“叔叔，你不吃饭啊，光喝酒。”

“习惯了，”我又灌一口，“喝酒会上瘾的。”

女孩推开盘子，撕一小张餐巾纸，对折，用边缘擦擦嘴巴，从纸巾后面轻声问：“外地人，能在上海火葬吗？”

“当然可以啦，难不成扛回老家去？早就臭了，”我自觉好笑，正想笑一笑，见她神色不对，便转而问道，“你欠医院多少钱？”

“大概……三四万吧，”她谛视我，犹豫了一下，“啊不，好像是两三万……三万肯定够了，三四万的样子。”

我喝光杯中酒，不吱声。

“把医院的钱结清，就可以了，是吗？”

“前年给我家老头子办过。他拉屎拉不出，拼了老命拉，坐在马桶上就走了。死在家比死在医院麻烦，要到派出所领殡葬证，带好户口簿和身份证。”

“我没他户口簿，也联系不上他父母。”

我不说话。

她盯住面前饭盘子，“不交钱的话，会怎样？”像在自言自语。

“不交钱的话，会被扣在太平间。太平间也只能放个三五天。七天十天碰顶了。以后再怎样，我也不晓得。那帮只认钞票的畜生，啥都做得出。”

酒气在眼球上蒙成雾。我一边说话，一边挥逐雾气。

忽见女孩在哭。这回她流泪了，仿佛吃下去的食物，让她有气力真正哭一哭。我讨厌女人流泪，没完没了的眼泪水，能注满整只游泳池。我又干一杯。特加饭里有股饭菜烧焦似的苦味。

女孩用袖管来回擦眼睛，瓮声道："反正能做的都做了。我待他真的很好，每天给他烧饭，再晚都等他下班一起吃。他说我湖南菜做得地道，我特意为他学的。他要拼命赚钱，我拦不住。我反复跟他说，结婚啥都不要，买只玻璃戒指就好。我没要求他什么。工作辛苦的人多了去，就他得怪病。真是倒霉透顶，家公前阵子也病了，倒霉事都让我碰上。"

"你太年轻，以为就你倒霉。世上有数不清的怪毛病，还有更多你想不到的稀奇死法。比如吧，有人，比你个头高得多的人，平时最擅长游泳的，都能站在浅水池里淹死。水只到他腰上。不动也不喊，就那么站着，悄悄叫死掉了。'浅水晕厥'，你晓得吧。我也是三年前，不，四年前，不，三年前，不不，反正我以前根本不知道，人会那样死掉。一点都不值得。再说了，你担心个啥，你还年纪轻，包你不出一年，就会再找男人。讲不定找个有钱男人。”

“怎么会，不可能，我不在乎钱，我这辈子只爱他一个，我……”

“好了好了，死掉个男朋友而已，能和死掉儿子比吗。儿子，宝贝儿子，你晓得吧。儿子只有一个，永远不会再有了。”说罢，我又尽一杯，将空杯摁到桌上。愣了眼，张了嘴，仿佛发现什么讶异之事，便吐出一声听不见的叹息。

是的，我发现酒杯会自动满起。又发现店员倚在柜台前，留意着我，随时准备蹑足过来，替上新酒，开启瓶盖。女孩继着他的动作，接连为我斟满。我朝他俩戳戳指头，笑了，“小朋友，活络来。”

女孩怔了怔，睃一眼那店员，“我不是小朋友，我都二十了。”

“我儿子也十九岁半了。你晓得吧，他在美国，读最好的私立学堂，门门功课第一名。英文说得跟外国人一样。长得也跟外国人一样高。游泳、长跑、打篮球，样样拿得出手。十五岁就交女朋友了。美国很开放的，女朋友随便交。我跟他讲，不要交洋妞，要交中国小姑娘，中国小姑娘又乖又听话。”

女孩为我再满一杯。我伸手去够杯子，倏觉腹内汹涌，喉管火烧火燎。我有了从悬崖坠落的感觉。我探出手去，抓住她手，“怎么啦，怕我吗？”

女孩往回缩，似要把面孔埋到外套拉链后面。

“别怕，我把你当小朋友。你都能给我儿子当女朋友了，我可不是畜生。”

“叔叔，你是大好人。”她的面孔和手又显出来。她将杯子推给我。

我把她的手，连同玻璃杯一起握住，“我是个混蛋，但不是坏人。你信吗？”

“我信。”

“你信吗？”

“信。”

“你信吗，你信吗……”

“好叔叔，借我点钱吧。”

我一噎，打了个嗝。

她抽回手去，“您是有钱人，儿子都在美国念书呢。就当随手丢了点零碎钱，帮帮我这穷人吧。我不会赖账的，我留个电话号码，您随时能找到我。”

“借钱啊。这世道，借钱最难了，啥人肯借钱。我不是小气鬼，我也会做做好事。以前的老婆怪我小气，不是的，我是气不过她，故意不给她钱。我心肠很软的，我最大的毛病就是心肠软。她来求求我，我命都给他们。”

“那您做做好事吧。我在八佰伴当营业员，工资六千多。我还有很多老乡，我会尽快凑齐了还您。”

女孩递来一张纸。我接了，看到一串数字，不明所以，看了又看，眼球后方疼痛起来，“想我借多少啊？”

“医院的钱总得还掉。”

我不言语。

“他吃醉了。”

我想了想，意识到，是店员小伙子的声音。

“对不起，我买单吧。”

是女孩的声音。她嚓嚓掏钱。

那钱也是我给的，刚才在医院给的。我笑了。女孩走去柜台，磨蹭片刻，回来搀扶我。我靠住她，缓慢起身，感觉有七八个脑袋压在脖颈上。我折下脑袋，瞪视地砖。在七八对眼睛里，地砖花纹重重叠叠。我努力把双脚放在砖缝上，让自己走成直线，一径穿过门口的塑料帘条。

我像踩着沙滩走向海水那样，走进夜晚的风里。风是冷的，撞在皮肤上，又灼烫起来。疼痛从我的眼球背后，蔓延至整个脑部。世界随之摆晃。我抓紧身边的女孩，仿佛抓紧潮涌中的一枚浮球。

“小姑娘，你晓得吧，如果强强在，我一定让他跟你轧朋友。你傻乎乎的，啥都不懂。不是说你不好，你很好，你这样的小姑娘，现在不多了。但是啊，爷叔跟你讲，你在社会上要吃亏受骗的。人心坏透了，你晓得吧？”

“叔叔，您是好人，我会报答您的。”

“我给你打电话。”

“欢迎打我电话，随时。”她的声音被风刮出老远。她猛然推我一把。

不知多久，我意识到我的脸颊，贴在冰冷的硬面上。我喘气的声音，酷似一头野兽。我捏松了拳头，捶几下，发现是在捶自助取款隔间的玻璃门。我挣扎着翻转身去，扑向取款机，摸摸索索。忽一惊，双手乱掏，意识到公文包悬在臂弯里。这才松了口气。

当我走出隔间，见女孩靠紧在门外。我朝她甩甩钞票。她双手捧住，迅速数点，“叔叔，只有两万。”我脑筋咔嗒咔嗒，缓慢转动，“只好取这么多。再多，取款机不肯了。”我伸手。她往后一避，又上前来，支住我的手肘，将我往前推。

我任由她推着。一刻，风停了，呼吸响起来。我说：“你觉不觉得，这马路像只游泳池。我们在水里厢走路，软绵绵，笃悠悠。你知道你像啥，猜猜看，猜猜看嘛……你像一只救生圈。”

她松开我，“叔叔，我想上个洗手间。”

我扭过头，见一大座水晶旋转门，正一扇扇地旋动，仿佛被切了片的圆蛋糕。

“叔叔，这家宾馆挺高级，我想在里面上个洗手间。医院厕所太脏了。”

“好，我也去。”

“您不用去，赶紧回病房吧，耽搁您这么久，奶奶在吊针呢。”

“没事，我也正想小个便。”

女孩重新搀住我。我们像两粒嵌进蛋糕的巧克力，嵌进旋转门里去。继而穿过大堂，行至男厕门口。我扶墙进去，打开隔间门，像个女人一样，坐在马桶上，这才察觉膀胱胀痛。一杯杯特加饭，变换了颜色气味，从下腹热汩汩出来。我恍然清醒了些，又似更醉了。倾泻如注之后，是绵延的滴答声。我摇头晃脑听着，想了想我那肥大的前列腺。“老太婆出尿，滴滴答答。”我笑了，感觉并不好笑。我挣了几挣，从马桶上起来，套好裤子，走出去。

有那么几秒，我头脑空白。一个女人的尖叫声揳进这空白。噼啪脚步响。少刻，有人挟住我，将我往后拖。“做啥呀，放开，我在寻人。”“寻人？寻人寻到女厕所啊。”我被拖进大堂。另一个穿制服的过来。他的影子像一座五指山。我乖乖站远了，上下掏摸，又打开公文包，在夹层里翻到那张纸头。“我找……”我正反地看。纸上没有名字，只有号码。“等等。”我做个“嘘”的动作，拿出手机，拨了过去。忙音。搓搓眼睛，核对一遍，再拨。又是忙音。我愣了愣，跌足道：“她手机没电，关机了。”两个保安合力将我塞入旋转门。我喊道：“她叫，她叫……啊哟，丫丫，对，她叫丫丫，丫丫在哪里，我找丫丫。”“什么鸡鸡鸭鸭的，再吵就叫警察啦。”

旋转门将我从另一侧吐出去。我趔趄着，一手撑住电线木头，一手捏紧潮乎乎的纸头。我满口苦臭，仿佛含了一脬宿便。胸腔在咯啦震动，肠胃在咕噜胀气，还有扑哧扑哧的呼吸声，仿佛一架旧风箱，越拉越慢。在我的肉体之外，世界过于安静了。路灯光跟水似的，淹了一地。万物淌起赭黄色的碎浪。

那个推床上的年轻人在向我走来。他摘了遮脸的玫红外套，抛却蔽体的缟白罩布。他比我印象中略矮，头发也变短。过薄的双唇，仿佛一直在抿着。他不是我的儿子，也不是那年轻人。他是个完全陌生的少年，睨我一眼，霍然避远了。他浮板般的泡沫鞋底，从路面刨起一掌枯叶。叶子顺了下街沿，颠颠仆仆，一径过去。

我目睹这一切，迎风哭泣起来。

初稿写于2017年9月27日星期三

二稿写于2017年10月7日星期六

换肾记

前一日，梁真宝喝多了水。

妻子陈佩佩曾用一片口香糖哄他，“多嚼嚼，就不渴了。”他背着她，把口香糖粘在桌板底部，又跑去厨房，灌下两杯白开水。他感觉自己像个突然获释的重刑犯，不安与期待，胀住整个胸膛，须得放纵一下不可。

他捏着空水杯，感觉身体里的水，沿了胫股，汇至双脚。脚掌宛如胀满的皮囊，沉甸甸的，一摁一坑，久久不退。他用抹布擦干杯子，放回原处。拖着两条腿，坐到方桌前，戴起棉纱手套，搔挠身上的痒处。日渐灰黄的皮肤，像是覆了一层尿色。背部、腿臂、胸脯，长满小红疙瘩，一个都不能抓破。他挠得专心谨慎，仿佛从事什么精密工作。其间，他数次起身，把体重秤从大橱底下踢出来。陈佩佩闻声过来，给秤归了零，扶他站好，又跪在地上看刻度，“怎么长了一斤。”

最难忍受的，是入暮时分。窗户对面的高楼，在金红色夕阳里，回光返照般亮起来，继而转淡，轮廓模糊，最终销匿于黑暗。梁真宝感觉自己将赴刑场。夜晚要来了，当他躺在床上，身体里的水分，会从脚底反流而上，均匀摊平，仿佛他是一只被放倒的闷罐子。周身似有无数小虫蠕爬。他每次都叫醒妻子，诉苦、哭泣、咒骂，让她陪自己失眠。“我感觉马上要死了。”他会说。

这种时候，陈佩佩总要逼问，是否偷偷喝水了，或者吃了她藏在顶柜里的水果。他否认再三，又承认下来。陈佩佩拿指甲弹叩他的脑门，用教育儿童的口气说：“快三十岁了，还管不住自己。”

“透析室的老刘，经常吃方便面，十几年过去，还好好的。”

“你的目标不是十几年，是四十年，五十年。只要坚持透析，保持良好生活习惯，不会有大问题。”她每次如此说，流利得犹如背书。他每次都像第一次听，捏牢她的手，说一句，摁一记。

听罢，他会说：“有个肾就好了。”

“求求严素芬去。”

“求过了。”

“再去求求。”

话头便转到严素芬身上，说着说着骂起来。困到骂不动了，才作罢。

是夜，他们没有谈及严素芬。陈佩佩甚至不逼问丈夫，是否偷吃偷喝了，也不指责或安慰他。只说：“熬一熬就好，明天就好。”

梁真宝在黑暗中点头，“明天就好了，明天肯定会好吧？”

“睡好了，就会好。”陈佩佩拉扯被子，调整姿势。

梁真宝意犹未尽，想多聊几句，“上个礼拜看到你吃橘子，香是香得来。我馋不过，偷吃两瓣。心悸了好几天，浑身没力道。不敢告诉你。”

“你以为我不晓得吗。买回来的东西，我都算过只数的。”

“真的假的呀。”

陈佩佩不答，旋而起了鼾。鼾声过分响亮，犹如一匹奔跑过后的马，在张着鼻孔喷气。他疑心她假睡，等了等。将被子堆给她，下床走去北房间。

梁真宝在房外站立片刻，打开一道门缝，探入脑袋。他闻到老年人气味，宛若隔夜肉食一般，微微腐朽的气味。没有鼾声，没有腹鸣声，甚至没有呼吸声。唯有一台老式“三五”座钟，咔嗒咔嗒，每秒都似有一把小铡刀落下。有那么一秒，梁真宝以为母亲不在房内。他经常梦见母亲消失，半夜惊醒了，便要过来张一张。

“妈，妈。”梁真宝轻唤，将门缝推大，又摸摸索索开了灯。床上无人，枕头歪斜，褥子凹出一个短小的人形。梁真宝捽住门框，又喊，“妈。”

“阿宝，”他听见母亲在身后，“我没有逃跑，我去厕所间了。”

梁真宝抹抹眼睛，扭过头去。

“我晓得你不放心，经常夜里厢过来监视我。”

“不是的，我半夜困不着，随便晃晃。”

“房门锁死了，能跑到哪里去。再不放心，用手铐铐牢我算了。”

“不怪我，不是我的意思。”

“阿宝阿宝，你是啥意思，我也拎得清。这许多日脚，你跟我讲过贴心话没有？永远是同一句话，翻来覆去千百遍。现在你满意了，总算不来烦我。”

过去三年多，梁真宝见了严素芬，便叨念：“妈，我想要个肾。”口气仿佛在说，我要一个铅笔盒，或者，我要一个新手机。严素芬自小在每件事上满足他，除了这一件，“不行，我没有。”“你有的，你有两个。”“我会死掉的。”

有那么几次，梁真宝透析归来，双腿抽搐不已。严素芬用毛巾为他热敷，将他双腿搂在怀中按摩。陈佩佩道：“妈，他只要一个肾。”严素芬涕泪齐流，“不行，我会死的。”

陈佩佩从网上打印了资料，论证人类少一个肾，照样活蹦乱跳。严素芬戴了老花镜，认真研读。梁真宝道：“妈，我想要个肾。”严素芬收拢眼镜，挂在围兜上，饺子皮似的招风耳，在脑袋两侧微微一颤，“我生你的辰光差点死掉，还想我为你死一次吗。”

“不会死的，怎么会死，”陈佩佩拿出自己的配型报告，插到婆婆面前，一页页地翻，“我跟你儿子没啥血缘关系，都想送他个肾，可惜老天爷不给机会。”严素芬咬了嘴唇，憋红了脖颈，面孔躲来躲去。陈佩佩睃她几眼，拍着那沓纸，跌足道：“哪个当妈的有你自私，看到儿子吃苦头，不肯出手帮一帮。”她号得胸腔起回音，身体一抽一抽的。严素芬擦擦她飞溅过来的泪水，也哭起来。陈佩佩见状，反倒眼泪一收，抹了面，对丈夫道：“你妈再不讲理，我就跟你离婚。”

梁真宝道：“妈，佩佩要跟我离婚。”

严素芬道：“她不会离的。结婚的辰光，梁家送过三十万礼金，他们陈家还不起。再说她的上海户口，还是我们给的呢。”

梁真宝嚅嚅嘴，不说话。

陈佩佩的眼睛，抽缩成倒三角，“难道我是你家用钱买来的吗，上海户口了不起啊。老太婆，一只脚踏进棺材了，还越活越来劲。人总要死的，难道不死吗？真宝他爸怎就瞎眼娶了你，怪不得被你早早气死。真宝，你说是吧？”

梁真宝眼眶濡湿了，叹气道：“我不晓得，我要死了。”拖着两只脚，走去卧室，关上门。门外，婆媳愈发喧起来，一来一往，调门攀高，彼此碾压，在梁真宝耳中嗡成一片噪声。继而疲沓下来，趋于安静。有人打开电视机。电视里，又有男女争吵哭泣，间杂了哀乐似的插曲。厨房里砰一记，似有碗盏跌碎。哗啦啦挪动桌椅。梁真宝感觉有一道黑幕，垂落在自己与整个世界间。又仿佛自己退缩成了婴儿，所有响动听起来不可理喻。

约莫半年前，严素芬出走过，住去女儿家。陈佩佩携了梁真宝，上门将她讨要回来。严素芬对女儿说：“他们想把我绑到医院，挖掉我的腰子，你也不肯救救我。”梁带娣说：“你从来心里只有儿子，出了事体才想到我。或者你让一步，去医院做个检查，费用终归我来出。别太担心了，换肾是有讲究的，亲生的也未必配得上。你老住在我这里，不是个办法。我房间小，搭了折叠床，转身都没地方。”

严素芬哭一场，跟了儿子回家。等待检查的日子里，陈佩佩天天为她买鸽子。严素芬说胃口差，吃不下。

陈佩佩道："你不是最爱吃鸽子吗，常说一鸽胜九鸡。"

严素芬道："我又不是猪，喂得肥肥的，好送去杀了是吧。"

陈佩佩忍了火气，不与她争。严素芬半夜起床，摸到厨房，吃掉早已冷却的鸽子，喝光凝了油脂的汤，用草纸裹起筋骨皮杂，扔出窗户。翌日，她赶了早，到玉佛寺烧香求签。三次都是上上签。她定下心来。

检查过后，等了十五天。陈佩佩一早去领报告。严素芬在家看看电视，敲敲胆经，又温习广场舞。梁真宝道："妈，你晃来晃去，晃得我头昏。"

"啥人叫你看牢我，做你自己的事体去。"

"我能做啥事体。佩佩不许我打游戏，电脑手机都没收了。"

"好了好了，我也是心里烦躁，随便寻点事体做做。等一歇帮你揩身。"

"我不要，皮肤痒。"

"晓得你皮肤痒，我特地求了个中药方子，揩了就不痒了。"

“我没心情。”

“别瞎想八想了，老天爷会帮我们，我去庙里烧过香的。”

严素芬用苦参、防风、当归煎了水，往浴缸里灌。手机铃声响。她擦干手，往北房间去。梁真宝赶在她前面，吼道：“快接快接，肯定是佩佩。”严素芬从五斗橱的第三格抽屉里，取出她的翻盖机，接了，听得那厢轻微啜泣。“佩佩吗，还在医院吗，报告哪能讲，没事的，好好讲，别太难过了。”

“妈，谢谢你，拜托你。”

“啥意思。”

“你能配上五个点。医生说，真宝以后排异反应会很小。喂喂，在听吗，让真宝接电话。”

梁真宝夺过电话，不及言说，哽咽起来。小夫妻对哭一晌，梁真宝道：“你快回来，打的回来，今朝不要舍不得钞票。”放下手机，不见了严素芬，便“妈，妈”地喊，到处找。

严素芬在卫生间，靠着浴缸，木木然盯住半缸淡黄的水。水面腾起一股子药味，熏得梁真宝打喷嚏。“我要去带娣家，”严素芬一字一顿道，“这里待不下去。”

梁真宝掩了卫生间的门，后背压住门板。

严素芬又道：“国家法律规定了的，必须自愿捐肾，你们不能强迫我。”

“你不自愿吗，那干吗检查，花掉两万多块钱。”

“是你们逼我检查。”

“是你自己同意的。”

“我们两个都会死在手术台上。”

“不会的，我们找最好的医生。佩佩以前有个学生家长，是肾内科主任，留过洋的，全国有名。佩佩早就联系上，人家愿意帮忙。一直就只缺个肾。”

“我就晓得是陈佩佩。阿宝，别听她挑唆。很多人换了肾，反倒活不过一两年。我年纪也大了，身体里拿掉一件大家生，还哪能过日脚。你爸死得早，我养大你和带娣，吃了多少苦。好不容易熬出头，宝贝儿子却望我翘辫子。”

梁真宝无言以对，捂住后腰，缩矮下去，“我要死了，我要死了。”

严素芬撑几撑，站起来，想绕过儿子，去拉卫生间的门。左挪右让，绕不过去，便坐到马桶盖上，也捂住后腰。仿佛那里头的肾，已被拿走了似的。

母子对峙到陈佩佩回家。严素芬做好吵架准备。陈佩佩没有吵，冲进北房间，抄走严素芬的手机、存折、身份证、户口簿、房产证。严素芬揪她头发，抓她手，用两只松软的拳头捶她。陈佩佩将她推到床上，关了门，在球形门锁芯里，插一根拉直的回形针。拽了梁真宝回南房间。

梁真宝道："你忒凶了吧，她毕竟是我妈。"

陈佩佩道："是啊，你妈最亲。从你生了毛病，她出过多少力啦。就我整天围着你转，转到啥时候去。"

"佩佩，我晓得你受苦。以前我不懂事体，整天打游戏。以后身体好起来了，一定弥补你。帮你做家务，给你买漂亮衣服，和你去欧洲旅游。"

"我还要生个孩子。"

"那就生个女儿，更体贴父母。"

"我们年轻，生活没开始呢。不像那老太婆，啥都经历过，现在就是吃饭拉屎，天天等死。我早猜她会反悔。从不拜菩萨的，突然跑到玉佛寺。我才不怕呢，我去静安寺烧过三次香，还在功德箱里捐了五千块。静安寺比玉佛寺灵验，我又那么心诚，舍得花钱，菩萨肯定保佑我们。你看，果然配型配上了。”

“配上了也没用。”

“那就关着她，关到有用为止。”

“不大好吧，阿姐那里哪能交代。”

“梁带娣巴不得老太婆消失。老太婆每次找她，都是问她要钱。”

梁真宝不言语，坐到桌前，顾自搔起痒来。陈佩佩出去买了把链子锁，绕在自焊的铁门上。用蜡线串起钥匙，挂在脖颈里。这才拔了锁芯里的回形针，放出严素芬。

严素芬早已哭得满面发红，提了一袋替换衣裤，径直往外走。开防盗门，开铁门，见了链子锁，拉扯几下，对陈佩佩道：“啥意思，当我劳改犯吗，我要喊救命了。”

陈佩佩将她捽进屋，门一关，“死老太婆，没人救你。”

严素芬跑去阳台，喊“救命，救命”。楼下围了人，纷纷价往上张望。有邻居来敲门抱怨，陈佩佩道了歉，送几只土鸡蛋。

严素芬闹过一时辰，嗓子痛哑，便拿一把扫帚，在阳台上挥舞。天色暗了，看客陆续散去。陈佩佩和梁真宝吃过晚餐。陈佩佩盛一碗饭菜，放到北房间。收拾过碗盏，给梁真宝服了叶酸片和乳酸亚铁片。正蹲在卫生间擦浴缸，听得外头砰砰响。跑出去，见严素芬把饭菜扔在客厅，还将电视机推下地来。陈佩佩将擦浴缸的抹布，甩在她脸上。严素芬扑来厮打。陈佩佩抓住她两只手，几欲将她提起。梁真宝站远了，劝道："好好说话，好好说话。"

有人按门铃，是个民警，"有群众反映，你家从早吵到晚。"陈佩佩抢在前头哭诉。梁真宝在旁垂了脸，哎呀呀叹气。民警说："这是当妈的不对，哪能不管儿子死活。小伙子真作孽，背也塌了，腰也弯了，缩了两只肩胛，好像七老八十岁。"严素芬嗄哑道："我的命不是命吗？"民警道："你已经老了。"严素芬吃瘪。陈佩佩给了民警一百元，"麻烦师傅了，本想送你点香烟抽抽，家里也没备着，你自己买了抽吧。"民警笑了，"以后有啥事体，直接寻我好喽。"

陈佩佩收拾了狼藉，打开电视机调试，见没有摔坏，便抱到南房间。又出门去，在楼里上下跑一遍，逐户打招呼，“我家婆婆老年痴呆，吵到你们了，实在对不起。”

回了家，严素芬抵住铁门，不让她进。陈佩佩开锁推门，一掌将严素芬甩得趔趄，“就你这小身材，还想拗过我。”她故意放慢动作，将链子锁丁零当啷锁好，把钥匙挂回脖子上。

严素芬哭得满手鼻涕，躲进北房间，把门关严。陈佩佩帮梁真宝清洁了身体，扶他上床。说一晌话，将睡不睡的，听得脚步声。是严素芬进来，搦了把杀鱼剪刀，尖口压在手腕上，“你们逼我死，我就死给你们看。”

陈佩佩道：“死一个看看啊，算你有本事。”

严素芬一怔，又道：“我就死在这里。让警察抓你坐牢，让你房间里阴魂不散，再也不能住。”

陈佩佩被子一抖，躺下道：“少废话，要死快点死，别妨碍我睡觉。”

严素芬站在床尾，又闹了片刻，退出门去。

梁真宝道：“不要紧吧，她不会想不开吧。”

陈佩佩道：“她连肾都不肯捐，哪里肯死啊。”

梁真宝不说话了。稍后，仍不放心，走到北房间。隔着门板，听见严素芬的放屁声，跟吹长笛似的。“阿宝，是你吗？”她喊。他蹑足回了房，重新躺到床上。

严素芬安静下来。仿佛自知不敌，接受了现实。每次陈佩佩外出，她都盯住儿子唠叨，“阿宝，你是从我肚皮里出来的，我俩才是血连血的亲人。别理那陈佩佩，一门心思刮走我家财产。你想想，要是你我死在手术台上，我们的房子就落到她手里。她算盘啪啦啦，不要打得太快哦，逼我们做手术，又把房产证藏起来。还不如把房子过给带娣呢，带娣好歹也姓梁。”

梁真宝听不得，躲进卫生间。严素芬贴着门板说。他假装睡觉，她便站在床边说。一次，梁真宝道：“我在透析室认识个朋友，跟我差不多大，姓张。平常能说能笑的一人，前几日脑子出血，瞳孔都散了，鼻子出不得气，要插呼吸机。医生说是吃药透析十几年的并发症。他有个妹妹，配型配上了，婆家不准她捐肾。小张蛮作孽的，即使抢救回来，都成植物人，还不如死了好。你要不要看看他照片。叫张什么来着的，一下想不起来。”梁真宝作势从枕下取物。严素芬往后躲，“我不要看，不要看。”自此不与儿子多言。

逢到小夫妻出门透析，严素芬瞬即活络了，满屋兜转，搜寻钥匙、证件、财物。她打开大小柜子，逐样摸捏，还把折叠的衣服，一件件抽出来，摊开了，里外正反地检查。南房间大衣柜里，有只上锁的抽屉。她忌惮陈佩佩，迟迟不动。某日，忍不住了，用螺丝刀撬开。都是梁真宝的证件，学生证、毕业证、结婚证、绘画比赛奖状、职业培训证书……还有一本粘贴式相册。

严素芬捧在手里，逐页翻看。眼见梁真宝在照片里，一点点幼齿下去，面孔渐次圆短。童年的几张，是黑白的，边角发黄了。有一张是尚未去世的丈夫梁栋德，抱着两岁半的梁真宝。梁栋德头路三七分，面孔滴刮四方，像台电视机。两只女人样的吊梢眼，乜斜着严素芬。一件带帽滑雪衫，把他整个人鼓囊囊撑起来。她记得那时他已患病，衣服底下，肋骨毕显。梁真宝或是不喜父亲身上的药味，捏了小拳头，试图挣脱出去。他胸前的白饭兜，是三角形的，脑袋上头发根根直立，嘴边滋出一泡涎沫。

严素芬的食指肚，在照片上滑移。时而摁住梁栋德，时而摁住梁真宝。他们的面孔那么小，似要从她指间漏出去。不知多久，听得链子锁当啷响。她跳起来，把相册塞回抽屉，推几下，阖不拢。身后起了呵斥声："进我们房间干吗？”陈佩佩的语气，仿佛老电影里的女八路说：别动，举起手来。

严素芬想从气焰上压倒她，挺了挺背。感觉有一脉筋，硬邦邦勒在肉里。无数说辞在脑中浮动，却都稍纵即逝，抓握不住。她转过身，见儿子儿媳一边一个，堵住房门。梁真宝缩着脖子，显得比陈佩佩还矮，面色像在太平间里冻过一晚。陈佩佩逼近严素芬，“你偷什么了？”严素芬后退一步，脱口道：“好吧好吧，我自愿了。”

梁真宝晓得，母亲只是一闪念。她几乎是被陈佩佩架着，一径办理亲属证明，协议公证，医院手续的。等待手术的三个月里，严素芬变得沉默。这是从没有过的。陈佩佩曾说：“你妈是世间第一唠叨。有时真想抓一脬屎，塞在她嘴巴里。”现在她不再抱怨，每天为婆婆买鸽子。严素芬毫不客气，整只搛到碗里，咂咂地啃，嘶嘶地吮。

梁真宝成日躲在卧室，避免与母亲照面。她面皮紧绷的模样，足足老了十岁。手术日期将至，她又多话起来，总想逮住梁真宝诉说。梁真宝或应付几句，或假作不闻。仿佛她的话里有陷阱，稍不留神，就会被她套牢受死。

这个夜半，空气黏潮，灯光缟白。严素芬看起来，像一条即将消遁的影子，唯独剩了张嘴，不停开阖，变化形状，“阿宝阿宝，你是啥意思，我也拎得清。这许多日脚，你跟我讲过贴心话没有。永远是同一句话，翻来覆去千百遍。现在你满意了，总算不来烦我。”

梁真宝拖了两只胀水的脚，退往客厅。她跟过来，继续道：“在你眼睛里，我不过是只活腰子。”他撇着头，无法集中精力回话。幸而陈佩佩冲出来，“明天都要住院的，还不睡觉。”拉了梁真宝回房。

陈佩佩为丈夫掖好被子，摸摸他额头，责备他不该乱走。梁真宝一夜无眠。天色微亮时，浅盹片刻，即被唤醒。他起床，称了体重，吃了鸡蛋红薯，坐了半小时马桶，又称了体重。陈佩佩为他备好饼干面包、替换衣裤。带刻度的水瓶，不多不少，灌一百毫升白开水。又打开急救箱，数点退烧贴、血压计、电子体温计、红外线治疗仪，加添了酒精棉和一次性口罩。

陈佩佩帮梁真宝脱掉睡裤，检查大腿根部的透析导管，再帮他穿上阔腿裤。当她拿出长袖T恤，他咕哝道：“这么热的天，还穿长袖。”乖乖由她摆弄。经年的透析，使得他的手臂血管，犹如老树根一般，盘盘匝匝凸起。陈佩佩替他捋下袖管，理了理衣衽。

严素芬也装扮完毕。染过的头发往后梳成髻，掩住头顶一涡新白。又抹了头油，头发黏成一簇簇，贴住头皮。两只招风耳愈发醒目了。她穿黄绿小花的乔其纱短袖衬衫。黑色牛奶丝跳舞长裤，裤缝镶了两道金边。脚上的磨砂皮船鞋，还是全新的，姜黄姜黄，鞋头有个小蝴蝶结。再戴上金耳环和珍珠项链。珍珠跟蔫掉的玉米粒似的，大小不一，凹凸错落，盘在细颈子上。

陈佩佩啊呀笑了，“妈不是去住院的，是去跑亲戚的。”

严素芬道：“最后一趟了，总要体面些。”

陈佩佩皱皱眉头，转问：“给你煮的鸡蛋，怎么不吃？”

“现在不饿，等一歇饿了，路上找地方吃。”

“住院东西准备好了吗？”

严素芬提出一只尼龙购物袋，隔了袋壁，摸摸捏捏，“牙刷、香皂、草纸，都拿了。”

梁真宝随了严素芬，站到走廊上。陈佩佩关灯、闭窗、检查煤气，各房间看一遍，解了链子锁，放在茶几上，这才出门来。三人一串地下楼。严素芬道：“你们一前一后，押犯人吗？”陈佩佩讪讪不语，搀住梁真宝。严素芬沿了绿化带的边角走，尚未出小区，便喊起饿来。

陈佩佩道：“面包吃不吃。”

“太干了，早上要吃点湿的，暖和的。”

“公交站那里有豆浆摊。”

“我要坐下来，安安稳稳地吃。”

“那路上看看。”

他们过了马路，坐公交车，在第三站下来换车。严素芬抱住街边梧桐树，说：“我饿得前胸贴后背，要昏过去了。”

陈佩佩说：“这里没有吃的，索性去医院附近吃。”

严素芬将那树搂得更紧了，反复道：“我要饿昏了，我要饿昏了。”

梁真宝道：“往前面走走吧，反正时间还早。”

陈佩佩叹口气，胳膊一挥，“走吧。”

严素芬这才松手，顺了上街沿走。十字路口，有人施工，路面被一径翻开，围起黄色警示牌。严素芬道：“做手术的辰光，我身上皮肉也是这样翻开吧。”无人搭理。

沿途的美发店、扦脚店、贴膜店、服装店、小吃店，统统没有开门。梁真宝越走越慢，张了嘴巴呼吸。陈佩佩道：“妈，往回走吧，真宝吃不消了。”

“好像前面有家饭店，我看到了。”

“哪里？”

“那里。”严素芬随手一指。

走到她指的地方，是一家房产中介。严素芬故作吃惊道：“哪能一桩事体，明明在这里的，老大一家餐馆。我以前来过的，二十四小时营业。”

陈佩佩咬紧嘴唇，鼻翼猛烈张翕。

梁真宝拍拍她手，轻声道：“算了，小事体，依着她吧。”

严素芬继续往前。小夫妻跟住她。过两个路口，拐弯，总算发现一家。黄底红字招牌，写“刘阿婆小菜”。严素芬推店门，推不开，站在原地犹豫。店内身影晃动，一个花白头发的胖女人开了门，又反身进去。

严素芬回头嚷道：“我说有一家的吧，哪能会记错。”头颈一缩，从塑料空调帘子间钻入。

店堂约莫十来平米，四张方桌，八条板凳。严素芬选中靠里一桌，捻了捻桌面，挥赶几下苍蝇，“老板娘呢？”胖女人从后头转出来。梁真宝夫妇也进门坐定。陈佩佩取了餐巾纸，为丈夫擦汗。

严素芬睃着墙上彩图菜单，大声说："我要梅菜扣肉。"

"肉还没买呢，啥人老清老早吃这个。"

"我平常也不吃的，今朝必须吃好点。等一歇到医院，啥都没得吃。老板娘，你晓得吧，我要做手术了，割一只腰子给儿子。看看，你们还有葱炒蚕豆，我三年没吃蚕豆。看到蚕豆，就想到腰子，心里不适意。"

陈佩佩道："妈，少说点，吃了就走。"

老板娘道："吃烧麦豆浆吧，早上不卖炒菜的。"

严素芬道："那来两笼烧卖，一份豆浆。帮忙开开空调，热死了。"

陈佩佩道："真宝会感冒的。"

"你们坐到门口头去，别对着吹就好。"

老板娘打开空调，回到后间。俄顷，端来食物，铺在桌上。又抱来小孙子，孵在空调边，看严素芬吃。

严素芬道："你是刘阿婆吗，真福气，抱孙子了。孙子叫啥啊。"

"叫洋洋。"

“哦哟，你叫洋洋啊，乖不乖啊，洋洋，”严素芬戳着筷头，朝孩子哇哇几声，把孩子逗哭了。这才心满意足，搛起烧卖来吃。一边吃，一边说话，糯米渣从嘴角里喷溅出来，“刘阿姨啊，羡慕煞你。我儿子腰子坏掉了，不会生小囡了。我辛苦一辈子，从没做过坏事体，老天爷却让我断子绝孙。”

陈佩佩道：“妈，我们赶时间。”

“不要催，急赤拉吼的，倒被你唬住。我问你，做啥要住院。住院费介么贵，又不能报销，白白被斩一刀。明朝再去医院，直接做手术好喽。”

“真宝还要透析一次，医生指定今天住院。”

严素芬扭头对老板娘道：“我儿子每个礼拜透析三趟，钞票刺刺叫出去。媳妇本来是小学老师。现在的小学老师，你晓得的，给学生子开开小灶，外快哗啦啦进来。她嫌鄙忒辛苦，老师不当了，整天在家晃了两只手，啥都不做。治病开销都是我女儿来。”

梁真宝道：“妈，佩佩是为了照顾我。”

陈佩佩道：“跟她说什么，我做啥她都看不惯。”

严素芬恍若不闻，继续对老板娘道：“我女儿忒辛苦了，一直相帮她阿弟。换个肾，三十多万块呢，她在外面借了债的。我都想把房子留给她。我有套两室一厅，在内环里，靠近地铁站。十几年前买的，老房子拆迁费，加上所有积蓄。算是送给儿子的婚房，也是我自己的养老本钿。”

老板娘道：“房价涨得快，买房的都发财了。”

“发财有啥用，生不带来，死不带去。吃了一辈子苦头，早就想穿了。刘阿姨，你不晓得，我老公死得早，我为了两个小囡，再也没寻男人。又是屋里厢，又是厂里厢，忙得我两脚扛在肩胛上。我工作起来也是最卖力的，当年在翻砂车间，跟男同志做一样生活。每年评到三八红旗手。领导把我照片贴在厂门口，人进人出，全都看得到。厂长每趟开会表扬我，讲我觉悟高，凡事以集体为先，对国家贡献重大。阿宝，姆妈的光荣事迹，从没跟你讲过。你说啥人比我高尚，啥人有资格批评我。瞎掉你们的狗眼乌珠。我要算是自私，雷锋叔叔都不敢夸自己无私。我今朝要把腰子送给儿子了。我为了儿子，一条老命搭进去。”

老板娘搂紧孙子，不言语。

陈佩佩道："老板娘，我先结账。"

严素芬道："没吃完呢，急啥，我跟刘阿姨投缘，多啰唆几句。啥人晓得过了今朝，有没有明朝。我有个小姐妹，叫翠珍，老早厂里跟我最要好的，每年到桂林白相。女婿给她买包，巴巴里[①]的，还在桂林给她买了一套房。我本来想等儿子讨了老婆，有人照顾了，我就跟翠珍一道旅游。我从没去过桂林，桂林山水甲天下，我再也没机会去桂林了。"

"妈，你说这些，人家听了不舒服。"

"刘阿姨，你看看，这就是外地媳妇。没大没小，当了别人指责长辈，真是要不得。我跟我家阿宝讲，外地人看中你的房子户口，不是看中你的人。阿宝吃死爱死，不肯听，我也没办法。反正我两脚一蹬，一分洋钿都不会留给她。留给她做啥，她跟我啥关系。我一辈子为别人活，也没捞到个好。命苦啊，没人关心我，都不把我当人看……"严素芬哼哼唧唧，一口豆浆呛进喉咙。顿时又咳嗽，又喷嚏，鼻孔嘴巴齐射，搞得满桌涕泪浆沫。

老板娘怀中孩子又哭起来。老板娘道："先结账

---

① 即巴宝莉。

吧。”

陈佩佩结了账，赶着严素芬走。严素芬磨磨蹭蹭出店，又不肯动。

陈佩佩跺脚道：“你到底想怎样？”

“我想先小个便，医院里脏，没法小便。”

“那你小在那棵树边。”

“有人看见。”

“哪有人。”

“我腰子不舒服，有点酸。刚刚吃豆浆时酸起来的。”

“少来。”

“手术钱能退吗，改天行不行。”

陈佩佩道：“肏你妈，死老太婆，我忍了你一早上。”揸开手指来抓她。严素芬退开，将尼龙购物袋奋力甩向她，转身朝马路上跑。她跑起步来，仍像在走路。双脚磨着地面，往前拖滑。皮鞋在脚跟上一步一甩。微热的晨风卷过她，头发、衬衫、跳舞裤，都颤动回应，似要将她往风的方向上带。她果真顺了风向，斜斜跑到路当中。在浅灰沥青路面上，在黄白标线间，她的背影窄短，宛若中学生。陈佩佩走向她，仿佛高大自信的猫，走向一只老鼠。

有公交车驶来，陈佩佩停步等待。绵长的车身，遮挡了视线。她没有发现那辆奇瑞QQ，是何时冲过转角的。她听见梁真宝尖叫，便回头看他。又听见急刹车，便又循声转过脑袋。公交车过去了，严素芬趴手趴脚，俯在地上。奇瑞QQ僵在旁边，仿佛犹豫着，究竟倒车逃跑，还是往前补轧一记。草绿色车身，贴满了卡通图案。它小得犹如玩具，不像是一辆能够撞人的真车。

空荡荡的路面，瞬间堆起了人。他们像是凭空从地底钻出来的。拎着小菜篮头，端着痰盂罐头，提着塑料面盆，牵着遛狗绳子，拿着蒲扇、茶缸、鸟笼，将严素芬层层包围。唯有一磨砂皮船鞋，逃脱看客的视线，飞在半米外，碾扁着，黄里沾了灰，像只破碎的肾。

写于2017年5月6日星期六

郝家县奏鸣曲

一

张玛丽料不到，自己可能死在郝家县。

那将是怎样的丑闻。警察来拍照，照片打印成黑白的，贴在中央大道的电线木头上，叠了治疗梅毒、推销房产、代开发票和扫码促销的小广告，“辨认无名女尸”，三十五岁左右，尸长一米六，中长发，体型微胖。她会被写成新闻，传到网上去。人们将看到她的脸，肿得没了下巴，面颊数道血痕，一径拖到头发里，整只左眼瘀高着，仿佛拔火罐时凸起的一大团红肉印子。

而在数日后，千余里外，方海峰会如常走进办公室，扔了公文包，旋开保温杯，撮十粒枸杞、三朵菊花、半把茶叶，酽酽泡作一杯。当他准备入座，总要拉幕似的，将西装下摆拨至两侧。过于宽长的意大利西装，坐立皆舍不得脱，仿佛是借来穿用，按时计费的。两爿湿面团似的屁股，在真皮椅面上反复捻揉，调整惬意了，方才脱去皮鞋，潮着一双脚，搁到办公桌底的方凳上。他打开电脑，浏览天气股票，翻阅社会新闻。某一刻，他停止咀嚼茶叶，食指硌在了鼠标上。

他从新闻图片里认出妻子，触电似的关闭网页，闭了闭眼，又点开。他愤怒，疑惑，甚或感觉丢脸。但他平复下来，像日常口头禅说的，“不要情绪化，凡事理性分析。”他理性分析起遗产问题。转移亡妻名下的房产，手续复杂吧，花费多不多，丈母娘家会占便宜不，是否需要咨询律师。

他难过吗，或许有一点。他对她是满意的，“老婆给我长面子了，小菜烧得好，家里收掇得好，还一趟头生了两个儿子。我早讲过，找女人不要看长相学历，关键是清清白白，能过日子，”顿一顿，又笑，“我也蛮好，钞票归你管，房产证写你名字，还把你养起来享福，多少女人羡慕煞你。”

是的，张玛丽会继续让人羡慕，她不会现在死。这里不过五楼。有人从二十楼跌落，还活着呢。失一条腿，折几根肋骨，或者瘫半截身子。但方海峰会离开她，不，他会像扔垃圾似的，把她扔出家门，“一碗饭养恩人，一斗米养仇人，你到社会上看看，啥人对你好，”每次吵架，他都这样说，耳朵赪红起来，在脑袋旁一颤一颤，“你哪里不满足，讲啊，讲啊。”她面孔俯低了，掐自己的手，喉咙里仿佛卡着一个永远打不出的喷嚏。

一阵风过，撩拨张玛丽的衣服后襟，似要把她从外墙面上整个揭走。她蹬住落水管箍的右脚心一阵痉挛，捽住落水管的手指头，被手汗浸得松滑了，十只指甲盖煞煞白，刮刮抖。霉黑的墙缝里，爬出一串蚂蚁。她后背悚然，下巴挂满涕泪，喉咙口毛刺刺的，短裤早已溺湿，黏住屁股。悬空了的左脚，木木然往回收，还在墙面上一蹭一蹭，试图踩住什么。

张玛丽不曾料到危险。这座楼的落水管，看似孩童都能攀爬。五楼有空调外挂机，四楼搭出塑料雨棚，三楼焊了铁窗，凸宽半尺，二楼没有落脚点，但她能滑向一楼天井墙，沿了墙头走。

她在窗前察算良久，又反复拨弄锁死了的门，才下定决心。她打开屋角旅行箱。箱内十多套替换衣裙，都被撕坏了。她拣出两件上衣、三条半截裙，叠穿起来，摸摸胸脯和下身，总算都遮住了。又从床垫底下抠出一沓钞票来。

那是一周前，出门时刻，放入旅行箱内侧袋的。张玛丽有心备置零钱，每回抓一把碎钞票，扔在车里，或携在身上，生怕忘带钱包似的。她从未忘带钱包，但这让她安心。此次出行的贴身挎包里，有五千现金和两张银行卡。她穿上洋红真丝连衣裙。这是最漂亮的裙子，裙摆扬高了，显一截白生生的腿。耳环、项链、翡翠镯。她照照镜子，觉得自己琳琅满目。拉起旅行箱，关门出去。她行李备得丰盛，却没有带手机。假装是忘带，删净短信和通话记录，退出社交软件，还拆了电话卡，锁进保险箱。方海峰回来，会看到鼠标垫下的字条："去去就来，勿念。"

她本该在箱子里藏点食物的。她已两天没吃东西，灌了一肚皮自来水，不时打一串空嗝，口鼻皆是氯气和铁锈味。她意识到，他不会来了，他随她饿死去。

张玛丽抓了一条枕巾，扎好钞票，从窗口扔出去。黄绿相间的涤纶布包，被风推斜了，弹到天井墙，落在水门汀地上，扑起一团干尘。她踏住窗槛，扒了窗框，绕过半扇玻璃窗，右手攀牢落水管，右脚搭在管箍上，旋而左手跟起。左脚一蹬，离了窗子，踩住五楼的空调外挂机。

机身安全钩老锈了，吃不得重，滑脱开去。张玛丽脚底一松，全身重量挂在了右手上。外挂机从支架上摔落，经塑料雨棚一挡，又被高压电线一隔，径直落入天井，激起哐唧唧一串响。她想象那是自己落地的声音，下腹一抽，小便汩汩出来。她咬了牙，身体重心右移，左腿顺势收回，踏到了窗间墙。

邻人们被惊动了，窗户里纷纷介探出脑袋。有的还循声走出来。他们看到落水管上趴着个人。以为是小偷，好在没偷自家，便袖了手，嘁测着。

张玛丽爬至天井墙，见墙下立了七八个人，啊呀一声，脚底踩差，大腿擦墙而下，肩膀当先落了地。她听得身体里砰然闷响，一瞬失去知觉，慢慢才疼起来。她蜷缩呻吟，挣扎起身，瘸瘸拐拐着，捡起先前扔下的钞票，往大路方向去。

看客们继续跟随，闷声不响，宛如一条条影子。张玛丽一路走，一路颤，骨骼像会随时散架。过两个路口，转弯，再转弯，至中央大道。尾随者愈发多了。她站停在电线木头下，他们也站停。有个老太婆走近了看她，面孔几欲贴在她身上。

阳光笼了一层灰，蒸得人皮肤黏腻，颈窝里淌下一道道黑汗。路面遍布狗粪、痰迹、烟蒂。街边的红底黄字招牌，一块叠一块，小卖部、招待所、美容院……店门里也陆续站出人，抱着孩子，嗑着瓜子。几名赤膊汉子在帆布伞下喝酒。一个灰蓝制服的男人，靠着毛竹支竿，与他们说笑。

他是警察，保安，还是管交通的？张玛丽瞩视片刻，吃不准。他身材似一块麻将牌，两腋和后背汗湿了，将制服吸在皮肉上。张玛丽走向他。警察同志，我要报案。警察同志，请你保护我。

警察同志乜斜了眼，朝她正过身，似在等待她开口恳求。她过来了，几欲擦到他肩膀，忽地避开步子，继续往前走。她不能找警察。警察会让她做笔录。为啥来这里，

“怎么可能，你跟我差不多大吧。”

张玛丽笑了，“你真会说话，我都二十三了，”顿了顿，补充道，“虚岁二十三。”

这样的对话，发生在咖啡厅包厢里。她故意挑了一家生意清淡的。“上鸟咖啡”，店头做得酷似“上岛”。背景循环播放《月亮之上》，张玛丽让服务员开得轻些。服务员围着柜台，磨蹭良久，端来两杯速溶咖啡。奶精和糖加多了，不及化开的粉末子，随了调味勺团团转。张玛丽见杯沿有渍印，便将咖啡推开，一心看着郝义。郝义双手捂起杯子来喝。喉结上下滑动，仿佛在唱歌。

这是二楼临窗位置，望出去是小菜场。密匝匝的摊头，从棚子里一径排到街上。自行车扎进人堆，苍蝇似的乱窜。卖菜的，买菜的，骑车的，过路的，都没意识到，有人在俯视他们。张玛丽笑起来，对眼底众生充满怜悯。

五分钟后，她和郝义开始亲吻。他把咖啡奶精味的舌头，伸在她嘴里，还绕着牙齿搅动，像在给她剔牙。他使劲捏她胸，渐次往下，捏到腹部，扯起一把赘肉。张玛丽抓住他的手，挪回胸上，“我老了，以前没这么多肥肉的。”

“瞎讲，这样最漂亮，我就喜欢成熟丰满的姐姐。”

“你以前的女朋友，也是姐姐吗？”

“在你之前，我从没有过女朋友。”

张玛丽嘘一口气。

“你有过男朋友吗？”

“我结婚了。”她脑子不及反应，这句话自己溜了出来。

郝义松开她，坐远了，端起她那杯咖啡来喝。

“怎么啦，”张玛丽凑近去，指尖在他手背上画圈，“不高兴啦。”

“你为啥这么早结婚。”

“结婚怎么啦，不妨碍任何事。”

“我们不能伤害你老公。”

“不让他知道，就不算伤害他。他开心着呢，吃香喝辣，当甩手掌柜。”

郝义抿了嘴，拨弄咖啡杯。张玛丽挨住他，胸脯贴了他的手臂，往来碾蹭。郝义从窄小的卡座里弹起身，“我买单去。”

张玛丽捽住他衣摆，“别走。”郝义膝盖窝顶着卡座，一点点往外挪。张玛丽一手箍住他腿，一手覆向他的裆部。隔了牛仔裤，感觉他有反应。她愈发摁摸起来，

“求你了，别走。”声音微微打战。

郝义闭着眼睛，似要英勇就义，“服务员，买单。”他喊。张玛丽只得放开他，转手抓了拎包，跑出包房。羞愧和愤懑，让她不停蹩脚，差点摔下楼梯。走到店门口时，她开始原谅他。犹豫一下，没有回头。她等他追上来。她穿过了小菜场，浃起满背热汗，脸面也花糊了。睫毛膏染得眼睑发黑，眉毛看似断掉一截。她不再希望他追来。他们还有下次呢，她对自己有信心。

张玛丽挤回菜场，打算带点菜回家。一条鲫鱼跃出塑料泡沫盒，在她脚边湿漉漉挺摆。她让摊主过磅，讨价一晌，还是没买。她买了一棵紫甘蓝。她第一次买紫甘蓝。不知用它如何配菜，怎样烹饪。但在这一刻，无从下手的困惑引诱了她。

张玛丽和郝义继续约会。吃饭，喝咖啡，看电影。他带她去的地方，让她想起贫穷的大学时代。她以怀旧般的新奇迁就他，一遍遍告诉他，“我们是自由的，身体属于我们自己。我们没有做错任何事，没有伤害任何人。”

她买了一条黑色蕾丝丁字裤，每次约会穿，却总是没有机会展示。最有进展的一次，是在街道文化站的录像放映室。屏幕上播放老电影，《真实的谎言》，张玛丽全然不知演了什么。在乒乒乓乓的打斗声中，在厕所飘来的尿臊味里，她和郝义亲了又亲，摸了又摸。情侣卡座的铁扶手，快把她的腰硌断了。在他探入她裙子底下，触到丁字裤的瞬间，他抽出手来，跑到外头，顶着夜风，大口喘气，仿佛一个哮喘病人。张玛丽跟出来骂："装什么装，怕我强奸你吗？"两个穿睡衣乘凉的老太扭头看她。她跺跺脚，走了。

她忍着三天不理他。第四天，他发来短信，说老家有事，要临时赶回去。"啥时候回来？""不知道。"她怀疑他在赌气，但她不想认错。姓郝的臭小子，以为自己是谁呢。小县城出来的穷光蛋，幼稚到一根筋，还号称在上海学生意。等他给人骗光老本，饭都吃不上了，才会晓得她的好。他本就高攀不上她。他们不在一个阶层。

张玛丽心里越贬低他，越放不下他。在送孩子们上学，天不亮堵在路上时，她觉得穿过车前的每个人影都是郝义。在顶了日头走访七八所家政中介后，她预感下一扇门的办公桌前，会坐着郝义。当她在客厅沙发里午睡，带着初醒的懵懂，她会想起郝义。准备晚饭、整理衣服、到超市买草纸牙膏洗洁精、接儿子回家、帮他们默单词背课文出测验题、给方海峰用艾叶泡脚治疗湿疹、收拾书包预备早饭熨烫衣服……郝义把琐碎的事情擦亮起来，使她愈益无法忍受生活。就像眼睛仰望过太阳，再移视身边，会感觉万物陷在深渊般的黑暗中。

张玛丽上次恋爱，是十六年前。她的首任男友，是个中文系书呆子。她那么爱他，愿意用手和嘴巴满足他，但也仅止于此，“我要把第一次留在结婚后。”她一再坚持，他便分了手，“你最虚伪了，像个包法利夫人。全身都给我摸了，下面也给我舔过，还假装处女，祝你一辈子是处女。”

张玛丽从图书馆借了《包法利夫人》，读过两遍，不甚明白。她认为他在找托词。他不爱她，只想和她上床，还把责任甩给她。男人都这样，除了郝义。他还年轻，没有被男女之事污染。当年她也曾像他这般。她相信他的单纯，他的感情，也把是否借钱的迟疑，打消在一转念间。

三

张玛丽感觉旅行箱越拖越重。万向轮磕过路面，一径嗒嗒作声。她下了出租车，和司机吵一架。兜转良久，找到郝义的地址。她用拳头砸门。“郝义住这里吗？”问罢，呀一声，认出开门的就是郝义。他胡子拉碴，眼泡虚肿，看着老十岁。大红T恤印着“可口可乐，冰爽酷夏迎精彩”。衣摆过于宽长，把裤衩遮得只剩一圈边。“怎么，认不得啦。”他声音也低沉了，趿踏着塑料拖鞋，转身往里走。张玛丽只得自己将旅行箱抬过门槛，拖到屋里。“好热啊。”她大声说。

郝义转到她身后，锁上门，“吃过饭没有？”

张玛丽笑了，展臂挂住他的头颈，“你也不心疼人家。”

“哪有不心疼，”郝义掰开她，“你不是喊热吗，别黏着，”拎了旅行箱，放倒在屋角，“钱带来啦？是现金吧。”

“我带了银行卡。”

“为啥不带现金。转账最省事了，你又不乐意。来这么晚，银行都关门了，还得拖到明天。”

“别这样跟我说话。瞧你的眼神，要吃了我吗。”

郝义垂下眼睛，轻声道：“我是着急我爸。他瘦得像个骷髅头，身上插满管子。我从小没妈，就他一个亲人。”

“好吧，也怪我，”张玛丽拉起他手，阖在自己双掌之间，“我一早就出门了。司机绕了好大个圈子，都快绕到北京去。一路热得要死，还有点晕车，没好好吃东西。早知道就坐大巴了。”

“跑一趟是很遭罪，其实转账过来就好，”郝义蹲下，摸摸索索，发现旅行箱没锁，便拉开来，“嚯，带这么多衣服，不打算回去了吗？”

“别翻我东西。”

“我没翻。”郝义拨开衣服，手指朝里探。

“没放这里。”

“放哪里了？”郝义站起身，把张玛丽也拉起来。

张玛丽的胳膊，被他拽得红一道白一道。

郝义给她捋了捋，用说情话似的语气问：“银行卡放哪里了？”

张玛丽拍拍挎包，取出现金和银行卡。郝义接过，数了两遍现金。哗啦啦的声音，听得张玛丽不好意思了，仿佛她才是借钱的人。他将五千块钱塞入裤兜，指甲弹叩银行卡，“密码？”

“两张都是123456。”

“这么简单。”

“平时锁在卧室保险柜里的，没密码都无所谓。”

郝义将银行卡一并塞入裤兜，“等着，我出去一趟。”

“做啥去？”

“找个取款机，取多少算多少，先给医院送去。”

“我跟你一道。”

“你在这里休息。”

“我大老远过来，你一点不热情，不想见我吗？”

“啊呀好了，别撒娇了。”郝义推她一记。

张玛丽趔趄后退，眼底汪起了泪。郝义叹口气，过来摸她脑袋。她挡开他手。他摸她脸。她别过脸去。他俯身亲她一下，“我是担心你累。你洗个澡，乖乖躺着等我。”

张玛丽嘟着嘴，点点头。郝义走出房去，把门咔嗒反锁。张玛丽扑住门板，拉一拉，“喂喂”敲几下。门外，拖鞋声远了。她等了等，退回来，四下察看。这是一室户，客厅窄似走廊。不知哪里捡来的旧床垫，占掉半间卧房。床单枕巾染了汗渍，有股下水道似的气味。

她跌坐在床垫上，前后思想一遍。有点害怕，有点不好的预感。不敢再想。床垫旁有迷你风扇，她探手打开。风扇叶子嘎啦嘎啦，带起空阔的回声，在渐黑下去的房间里，响亮得犹如卡车碾过。

张玛丽撑几撑，站起身，逐一打开电灯。卫生间没有窗户，仅容两三人回旋。冲淋龙头正对马桶，台盆边缘一圈硅胶发着黑。她脱掉裙子、胸罩、丁字裤，打开水龙头。水是冷的，忽大忽小，扎着她的皮肤。她潦草冲了澡，打个喷嚏，清醒了，从旅行箱盖内侧袋里，取出备用钞票，塞入床垫底下，推到手指够不着的深度。她关掉所有电灯，躺在床垫上，四肢谨慎叉开。

对楼灯光照进来。天花板涂料开裂起翘，密密麻麻，跟覆了层鱼鳞似的。赤裸的吊灯泡，拖着红色电线，用黑胶布裹住。吊灯泡斜长的影子，仿佛一只黑色脑袋，静默地俯窥她。她想象郝乂的样子，想不清楚。夜风吹到她张开的腿间，抚慰她的不安。她脑袋沉重，睡了过去。

不知多久，张玛丽醒了，发现有人在剥她的翡翠镯子。镯子卡着手腕，左一转，右一扯。“做啥呀？”她声音嗄哑，喉咙黏黏发痛。郝义停了手，站直起来，“你这样躺着，会感冒的。”

张玛丽坐起来，摸摸额头，又摸摸耳朵和脖颈，“我的耳环项链呢？都是蒂芙尼的，被你拿走啦？”

“我倒要问你呢，干吗要得我团团转。卡里只有两百块钱。”

“怎么可能。一张公婆给的礼金，十五万。一张是每年过生日时，老公送的钱，攒到快三十万了。”

“我在三台取款机上查过。绕了县城大半圈，电动车都跑废了。”

张玛丽啊一声，拉过枕巾，挡在胸脯上，“怎么回事。那两张卡，我从保险柜取出来，就一路贴身捂着的。”

“是不是拿错了。”

“不可能。”

“你身边还有现金吗，或者别的卡。”

张玛丽犹豫一下，“全给你了。”

“你觉得我借钱太多，是吗？”

“嘁，说这种话。我不是第一次借你钱。我有这能力，你又是个讲信用的，有借有还。”

“你莫骗我。”

“我大老远跑来骗你做啥。”

“你再想一想。”他审视她。他身体的影子落在她脸上，使她神情幽暗难辨。“要么是你，要么是你老公。”他缓缓说道。

“我老公怎么了。”

“你老公把钱转走了。”

“真会瞎猜，他转钱干吗？”

“养姘头呗。”

“再这么乱讲，我生气了。”

“哟，一说你老公，你就生气。哪个男人不养姘头。”

“两码事。都是过来人，哪会拎不清。儿子要读书，爹妈要养老，吃用开销都在涨，谁舍得挖了自家墙脚，去补人家墙头。你不懂，你太年轻了，你……”张玛丽眼前一晃，不及反应，被郝义一掌推倒。

“年轻你妈屄。叫你一声姐，你就老吃老做起来。老子二十六了，江湖上混了十多年，底下罩着一堆小兄弟，啥人不尊我一声大爷，”郝义跪到床垫上，一拳击中她的脸，“让你尝尝老子的拳头，比鸡巴还硬。疼不疼，疼吗，活该。浪费老子几个月。不是为了钱，谁肯跟你混。四十岁的老屄，奶子垂到腰里，一腰子肥肉，能烤三斤油。还假装小姑娘，顶着个外国人名字，到处卖骚。恶心死老子，脱光了都没兴趣肏你。”

张玛丽脑袋一嗡一嗡，听不清他说什么了。她翻身戳他眼睛，被他手肘一顶，复又仰倒。他膝盖压住她，双手交替抽她耳光，抽得她喷嚏连连，鼻涕四溅。他咒骂一声，擦擦脸，跳起来，跟大猩猩似的，垂着手臂，满屋兜转。看见旅行箱了，便过去撕衣服。

张玛丽听得刺啦响，急道：“别撕，这些衣裳很贵的。”浑身觳觫，哭不出声。郝义撕一条裙子，几下没撕开，扔在地上，踢一脚旅行箱，走出房间，反锁上门。

四

灰蓝制服的警察，肥手在胸前一搓一搓的，朝张玛丽

“嘿”一声，“怎么啦，脸上被老公打啦，要不要帮忙啊。”帆布伞下喝酒的男人们，稀里哗啦笑。张玛丽跷着脚，让到下街沿。出租车冲来撞去，都跟醉酒似的。她招停一辆，见是男司机。再招，又是男司机。遥见有一辆被红灯拦停在路中央。驾驶座上的人，堆了一脑袋卷发，密密小小，宛如刨花。

张玛丽冲过去拉门。女司机瞥她一眼，面无表情。张玛丽不放手。红灯翻绿了，出租车动起来。张玛丽扒着车窗，一路拖了跑。旁人纷纷喊停。车子停了，女司机摇下车窗道：“不要命啦。”

警察踱过来，两坨油津津的腮帮子，一步一抖。

张玛丽抢先道：“她拒载，明明开着空车灯。”

女司机道：“我有急事，不拉人。”

张玛丽道：“我也有急事。”

警察道：“总之不要停在路当中。”

女司机道：“你急啥，急着去死吗。”

张玛丽道：“你又急啥，急着奔丧吗。”

“我要去杀人。”女司机神色平静，仿佛在说她要去买菜。

警察笑了，头颈一缩，“吃不消，女人家嘴巴太狠。马路给你们堵上了，想扰乱治安吗，”拍拍车门，“算啦，能有啥急事。吵架的工夫，这一单都拉好了。开门开门，警察师傅的话，总要听一听。”

张玛丽留意女司机动静，听得车门咔嗒响，赶紧拉开，一屁股钻入车内。后座套上满是烟灰脚印。门把凹槽被香烟屁股塞满。车窗玻璃糊成了半透明。窗外的人影、店门、招牌、电线木头、警察的肥脸，慢吞吞倒退起来。

“你还没问我去哪里，”张玛丽等了等，讪讪自答，“我去上海。”车子倏然转向，将她从后座此端甩向彼端。受伤的肩胛，咚地撞在门上。

女司机停靠路边，“早跟你说了，我有急事。”

张玛丽揉揉肩膀，“我听见啦，你急着去杀人。”

“我要杀我老公的姘头。”女司机弯了腰，掏起一把榔头，往椅背上敲。椅背噗一声。张玛丽受了疼痛似的，捂着胸往后仰。

女司机眼睛发直，仿佛在凝视仇敌倒地，“我说的实话，你们都不信。”

“阿姐呀，气头上的话，讲讲就好了。我老公也在外面轧姘头，还把卡里的钞票转给姘头用。我也恼火啊，又哪能办，日子总要过下去。”

女司机不接话。张玛丽从车内后视镜中乜斜她。她头发染得过黑，头顶心的发旋上，新长出一圈白。发旋少动，露半张方脸，一额蛛网般的皱纹。底下一对下斜眼，眼白过于空阔，渺小的黑眼乌珠，孤零零悬空在眼眶间。

“阿姐消消气，”张玛丽又道，“男人都不是好东西，统统都该死。”

“女人也该死。”

“就是就是。啊呀，我们真有缘分，正好一路说说话。”

“我不想说话。”

“其实我也不太喜欢说话，不过别人想说，我倒乐意听。开到上海四五个小时，蛮辛苦的，我会多给你钱。”

女司机眼珠子一别，“你总共多少钱？”

“万把块吧。”

女司机朝她伸出手，勾勾指头。

她不及多想，递钱过去，即刻后悔了，“一趟车要不了这么多。”

“多了还你，先押在我这里。”

张玛丽转动腕上的翡翠镯，将手压到大腿下，叹了口气，“那快走吧。”

出租车重新启动，以愤怒的速度冲刺。张玛丽颠颠簸簸，坐靠不安。出了县城中心区，越走越荒僻。忽有一块靛蓝色路牌当头过去，郝家县。张玛丽打个哆嗦，闭过眼去。

“郝”字让人讨厌。郝义更让人讨厌，这么假惺惺的名字。她会很快忘掉的。他们本就属于不同世界。她的世界是安全的，也是高级的。连他都曾看出端倪，“你的拎包好像是外国名牌。”“不是真名牌，高仿的。”那是刚认识时。她怕他多心，也出于谨慎。她从未吐露过，自己住在哪，丈夫做什么，甚至没有告知真名。郝义只知她叫方凯丽。在真心喜欢他后，她也犹豫过，要不要说实话。她怕他不再信任她。名字不过是符号，玛丽或者凯丽，有什么关系呢。现在更没关系了。她的生活里，从来不曾有个郝义，就像郝义从来不认得一个张玛丽。

暮色压向车顶，路面渐次变深。忽如关灯一般，天地哗地暗淡了。张玛丽有做梦的感觉。大宇小宇在做啥，功课有无松懈。在很长时间里，她如赌气一般，厌弃她的孩子。洗不完的衣服，烧不尽的饭，轰炸机一般的哭闹。她觉得他们把她毁了。稍长一些后，他们便学了父亲，将袜子丢在餐桌上，还把不爱吃的菜吐在抽屉里。直到他们上小学，她才像个真正的母亲那样牵挂他们。

他们不是好学生。撒谎，逃课，伪造家长签名。她最怕接到班主任短信，“家长女士，请来一趟学校”。一次，大宇对班主任说：“爸妈在闹离婚，每天半夜打架，害我们睡不着觉。所以只好上课睡觉。”班主任差点就信了。她模仿大宇的口气。一办公室的老师笑起来。张玛丽也笑，边笑边忧虑。她不晓得，孩子们跟谁学的。也许天生就会吧。她回家后，把大宇小宇各揍一顿，“你们是兄弟，一人犯错，两人受罚。”絮絮教育他们，人品至关重要。诚实、体贴、讲信用、热心帮忙。把做人学好了，才能在社会上混得开。学习成绩倒在其次，大不了放弃高考，出国读书。

张玛丽记得出门前，曾给母亲打电话，让她去学校接孩子。母亲说：“带小囡这种事，简直要人老命。我有高血压的，最多帮你带一两天。”方海峰去看望孩子了吗，也许已经接回他们。张玛丽出走前，本想给丈夫编个故事。乡下亲戚有急难，或者小姐妹临时需要帮忙。她怕方海峰核查，便什么都没说。待到回家解释，也还来得及。她会为他做几顿好菜，买一条名牌领带。他是吃软不吃硬的人。

月亮从云团后头挪出来，给街景覆了一层荧蓝。张玛丽侧过脑袋，揉揉肩膀，倏见一块路牌晃过去。“郝家县”三字，被月光打亮。“司机，司机，司机。”

喊过七八声，女司机应道：“叫啥叫，叫魂啊。”

“哪能还在郝家县，故意绕路了吧，这就没意思了，我又不会少你钱。”

“方向盘在我手里，你啰唆个啥，小心吃一榔头。死死掉最好，活着有啥意思。儿子读大学，老娘瘫在床，我一天工作十二小时，累死累活，还有狐狸精把我男人骗走。也好，一命换一命，算是我赚。我命不值钱，早就不想要了。”

车子骤停。张玛丽额头撞向前排椅背，又弹回来。女司机默默趴在方向盘上。张玛丽说：“要是我呀，就敲他们一笔。你这样赌气，除了气坏自己，啥好处都没有。”

女司机抬起身子，转视张玛丽。张玛丽避开她目光。车窗外黑黢黢的，玻璃映出张玛丽的脸。瘀肿略有消退，头发枯刺刺打着结。“你是咋啦，”她听见女司机问，“刚才也没注意你，这么狼狈，搞姘头被人打了吗。”

“呸呸。”

“上海娇太太，跑这种地方来做啥。”

“我有个朋友，家里人生白血病了，我来借钱给他。”

“哟，什么朋友，这么热心。”

“普通朋友。”

“是姘头吧。”

“你说话忒难听了。”

“这年头，哪有普通朋友肯借钱。你看有人借钱给我吗，个个避不及，电话都不接。”

“阿姐，天都黑了，开夜路本就危险，咱们边走边说。做完我这一笔，你想怎样就怎样。一万块钱都给你，行不行。”

“那你先告诉我，来郝家县干吗，搞姘头吗？”

“做啥揪着不放，关你屁事。”

“反正我不认识你，你不认识我，说句实话有啥损失。我就想听句实话，很久没人跟我说实话。”

“你快点开车。”

“说嘛，说了我马上开车，”女司机的一双小眼乌珠，死死铆牢她，“就说一句实话，说一个字，说‘是’。”

僵持片刻，张玛丽叹气，嘴唇一嚅，没发出声音。

女司机从口型确认了答案。她扭过身去，双手抠住方向盘，似要把它整个拔起。张玛丽绷紧身子，“你答应去上海的。”女司机踩油门。张玛丽打开车窗来看。不多时，“郝家县”路牌再次被甩到后面。车子又经过大片荒地，两爿农田，和一排低矮的树。她们上了国道，平稳向前。张玛丽关了窗，靠着椅背。略一放松，便盹住了。

她梦见编出了个完美借口，叽叽呱呱地说，连自己都要相信了。方海峰点头道：出门三四天，累坏了吧，快快休息。他从没如此体贴。又说：你不在家，我们全乱套了。她背过身，站在灶台前笑，忽见自己买的紫甘蓝，被切得碎碎的，和小黄鱼炒作一盘。怎能这样配菜呢，她感觉讶异，旋而意识到在做梦。那个完美借口呢，可别忘了呀。她想了想，果真想不起。一急，醒了，听到轮胎吱嘎碾压石块。“到上海了吗？”她觑一眼后视镜，发现女司机在哭，双颊跟抽筋似的，一抽一抽，抽得面皮通红，连脖颈和手背都红了。她刹住车子，命令道：“下去。”

张玛丽双手抓住座套，问：“这是哪里？”

“叫你下去。”

“你想做啥，我要投诉你。”

女司机打开门，自己下了车。她身材高大，跟男人似的，整个人从驾驶座上缓缓升起，仿佛拉起一块黑幕。她向后座走来。张玛丽赶紧自己推门出去。

满地碎砾残砖，硌着脚底板。杂草里匿着的蚊虫，对准她的小腿扑撞。夜风吹干了汗、尿、血，给皮肤笼起一层寒意。身体里的疼痛加剧起来。张玛丽直着两条腿，慢慢往前移。

月色倏然大亮，跟追光灯似的，照准十米外的高墙。那不是墙，是一栋烂尾楼。轮廓造好了，房间却只是一格格水泥空洞。半截子脚手架，破损了的防尘网，松散搭在楼墙外，拖下过于深刻的阴影。

张玛丽忍着痛，往烂尾楼方向去。女司机从身后覆过来。她肩膀比张玛丽宽一半，手里捏着榔头，口中嘀咕道：“男男女女一张屄嘴，除了吃饭，就是撒谎。哪天翘了辫子，见了阎王爷，才会变老实。是不是，是不是。妈的，我受够了。难道只有死人才不骗人吗。”

张玛丽哽咽道：“姐，姐，别激动，有话摊开来说。”突然一瘸一瘸跑起来。跑过三四步，背上中了一榔头。她单腿跪倒在地，咬了牙，颤巍巍撑起来。女司机不紧不慢跟随她，照准肩胛，又是一榔头。张玛丽有了防备，身体一侧，斜奔开去。女司机错愕间，胳膊一甩，榔头脱了手，正中张玛丽后脑勺。她悄无声息倒地。

女司机“喂喂”两声，摇摇晃晃停住，像在等待什么。地上没有动静。“别装死，起来，去上海了，”女司机跪下察看，“我落手很轻的，吓唬吓唬你，解解恨罢了。好了不开玩笑，快起来。”她摸索张玛丽，感觉皮肤僵冷。干掉的汗水，犹如镀了一层蜡。她触到张玛丽后脑勺，手指黏热起来。举了手，捻一捻，确定是血，啊呀往后弹开，在张玛丽裙摆上擦几擦，起身就跑。

张玛丽听到鞋子踩踏杂草的嚓嚓声，听到车门砰一记，听到车子放屁似的轰起来。她想喊女司机别走，出不得声。她的后脑勺，仿佛被榔头凿开了个小洞。有光线透入洞中。不是月光，路灯光，甚至不是太阳光。是一种可怖的光芒，宛若烧红的铁水，挟裹了蒸汽，要把所有事物融化进去。先是大腿内侧的擦伤，继而是膝盖窝的痉挛，肩膀里沉闷的疼痛，颧骨上碎小的破裂，再是麻痒、窒息、鼻塞、饥饿……各种身体感觉渐次消失在光中。头脑深处的记忆也蠢动起来，源源不绝涌向那洞光。张玛丽居然有如此多的记忆。折叠着的人生，被全然打开。隐秘的部分显露出来。她像看电影一般，重新观看自己。

她看到十五年三个月十九天前，初恋男友对她说，“今天读了一本书，是个美国医生写的，”他拥着她，把她脑袋摁在自己胸上，“书里讲，人临死的时候，一辈子的记忆会从脑子里快速闪过。所有记忆，每句话，每件事，记得的，记不得的，都会闪过。美国医生认为，那是上帝在审判死者。后来他去做了牧师。”

她笑了，“医生哪能晓得这些。难道是被他治死的病人，托梦告诉了他，”她手指沿了男友乳头转圈，“什么上帝啦，审判啦，都是骗人的。我不会相信，更不会害怕。又没杀人放火，有啥好怕的。”那是晚间十一点零八分。路灯光透过窗帘缝，斜到褥子上，顺了他们交缠的肉体，弯折起来。他乳头边有几根细软的毛。当她擦碰时，它们轻轻颤动，仿佛他胸腔里所有的情感，在对她做出回应。

张玛丽甚至记起，三岁时就见过初恋男友。她骑在父亲肩上，去外滩看国庆灯展。一路像抓缰绳似的，抓住父亲头发，俯视挤挤挨挨的人头。他们经过南京路，往河南路去。初恋男友也骑着他的父亲。两个父亲顺人流而动，在某刻并肩，旋而错开了，一前一后，越挤越远，最终彼此看不见。

张玛丽还记得父亲的样子。她一直以为自己不记得。他在她三岁半时，生肝癌去世。他是个方头方脑的男人，鬓角剃光着，愈发显得脸面阔绰。他的藏青色中山装，肘部磨薄了，后襟有块不易察觉的补丁。他在呼唤她，丽丽，丽丽。光亮笼罩住他的笑容。

初稿写于2017年4月15日星期六

二稿写于2017年4月21日星期五